LA PART MANQUANTE

CHRISTIAN BOBIN

LA PART MANQUANTE by Christian Bobin

빈 자리

크리스티앙 보뱅 | 이주현 옮김

1984BOOKS

살아갈 길이 없기에 우리는 글을 쓴다.
신에 대한 그리움으로 우리는 사랑한다.
책은 하나의 실패이고, 사랑은 일종의 도피이다.
우리는 언제나 비껴서 무언가를 시도하고,
삶을 정면으로 마주하지 못한 채
옆모습으로만 살아갈 수밖에 없다.
우리는 결코 우리가 있다고 여기는 곳에 있지 않다.
우리의 욕망은 방황하도록 운명 지어졌고,
우리의 의지는 무게가 없다.
그럼에도 불구하고,
때때로 우리는 무언가에 가까워진다.
그럼에도 불구하고,
때때로 영원의 소식이 우리에게 닿는다.
한 얼굴 위로 빛이 일렁이는 순간.
잉크 속으로 번개가 내리꽂히는 순간.

빈 자리

La part manquante

- 본문에 실린 각주는 모두 옮긴이 주이다.
- 단행본은 『』 단편은 「」 그림·음악 제목은 〈〉로 묶었다.

그녀는 홀로 있다. 리옹 파르디외 역의 중앙홀, 수많은 사람들 사이에서 마치 방 한구석의 고요함 속에 머무는 것처럼 보인다. 프라 안젤리코의 그림 속 정원의 광채에 눈이 부신, 빛무리에 둘러싸인 동정녀처럼, 그녀는 세상 한가운데에서 홀로 있다. 고독한 사람들은 시선을 끌어당겨서 그들을 외면하기란 불가능하다. 커다란 유혹을 짊어진 그들은 선명한 관심을 불러일으킨다. 당신 앞에 있지만 동시에 부재하는 사람에게로 향하는 관심을. 그녀는 홀로 플라스틱 의자에 앉아 있다. 품 안에 네 살배기 아이를 안고서. 그녀의 고독을 부정하거나 방해하지 않는, 고독의 요람 속 어린 왕을 안은 채로 그녀는 홀로 있다. 사람들이 한눈에 보는 그녀의 모습이 바로 그것이다. 그녀는 아이와 함께 있지만 여전히 혼자다. 아이의 존재는 그녀의 고독을 방해하기는커녕, 고독을 최고조로, 아름다움과 우아함의 절정으로 끌어올린다.

그녀는 젊은 어머니다. 그녀를 보고 있으면, 우리는 모든 어머니들이 이처럼 아주 어린 소녀들이라고 생각하게 된다. 화가의 손가락 사이에서 탄생한 빛의 드레스처럼 고요함에 둘러싸인, 어린 여동생이자 작은 소녀들. 그런 그녀들에게 한 아이가 찾아왔다. 정원의 싱그러움과 함께, 밤이 데려온 한 문장처럼 혈실(血室)에 찾아왔다. 아이는 그녀들의 꿈에서 움텄고, 그녀들의 육신 안에서 자랐다. 아이는 그녀들에게 피로와 포근함, 그리고 절망을 가져다줬다.

아이가 생기며 연인에게는 종말이 다가왔다. 지독한 다툼들, 근심들. 잠은 허락되지 않고, 연인의 보금자리에는 가늘고 우중충한 비가 내린다. 진실이란, 사람들이 말하는 것들과는 정반대다. 언제나 말해지지 않는 것, 그것이 진실이다. 그들에게 찾아온 첫아이와 함께 연인이, 사랑하는 두 사람이 하나의 마음을 이루었던 신비는 종말을 맞는다. 아이가 생기면서 젊은 여성들의 고독이 시작된다. 오직 그녀들만이 아이의 수많은 요구를 알아챈다. 오직 그녀들만이 품 안의 은밀함 속에서 아이를 감싸안을 줄 안다.

그녀들은 아이를 향해 한없는 마음을 쉼 없이 기울인

다. 아이의 몸과 말에 신경을 쓰며 밤을 지새운다. 자연이 신을 돌보듯, 침묵이 눈(雪)을 감싸듯, 아이의 몸을 보살핀다. 음식을 만들고, 아이를 학교에 보내고, 놀이터에 데려가고, 장을 보고, 채소를 삶는다. 그러나 이 모든 것에 대해 아무도 당신에게 고마워하지 않는다. 단 한 번도. 젊은 어머니들은 보이지 않는 것을 다루고, 그 이유로 그녀 역시 보이지 않는 존재가 된다. 모든 일에 능숙하지만, 아무것도 아닌 존재가 된다.

남자들은 무슨 일이 일어나는지 모른다. 심지어 보이지 않는 것에서 아무것도 보지 못하는 것이 그들의 역할이기도 하다. 그럼에도 그들 중 무언가를 보는 남자들이 있다. 그들은 조금 이상한 취급을 받는다. 신비주의자, 시인, 혹은 아무것도 아닌 존재들. 본래의 상태를 잃은 낯선 존재들. 끝없는 사랑에 헌신하는 여자와 같달까. 그들은 자신들이 주재하는 파티에서 외로이 홀로 있고, 고통보다 기쁨 속에서 더 괴로워한다. 남자에게 있어서 이것은 우연이며 놀라운 실패일 테지만, 여자에게는 지극히 평범한 일상에서 일어나는 흔한 일이다.

여자들은 어린 왕을 길러낸다. 그녀들은 아이에게 자신을 내어준다. 날카롭고 빛나는 하얀 젖니에 스스로를 바친다. 아이가 떠날 때, 그녀들에게는 아무것도 남지 않는다. 그 사실을 너무나도 잘 알고 있기에, 서툰 어머니들은 시간을 끌며 상실을 맞이하는 순간을 뒤로 미루려 애쓴다. 하지만 그건 그녀들이 어찌할 수 없는 일이다. 짐승은 새끼들이 먹을 수 있도록 자신을 내어준다. 어머니는 자식들이 떠나도록 내버려두고, 이어 부재가 찾아와 그녀들을 집어삼킨다. 법이고 숙명이며 누구도 막을 수 없는 폭풍우이다. 아이가 어머니를 저버리는 것은 교육이 끝나 완료됐다는 의미이자 광기 어린 교육이 완벽했음을 뜻한다.

리옹 파르디외 역 중앙홀에서, 어머니와 그녀의 아들 옆에 앉아 이 모든 것을 생각한다. 프라 안젤리코, 꽃향기로 가득한 정원의 포근함, 예언자의 목구멍에 들이치는 모래바람, 성경의 페이지 속 무성한 야생풀에 대해서도 깊이 생각한다. 그리스도의 형상은 아름답다. 모진 수난과 모욕에도 불구하고 절대 떠나지 않는, 당신 곁에 영원히 남아 있을 사랑에 찬 얼굴이다. 그럼에도 불구하고 분명하게 말하자면, 그것이 가장 핵심적인 형상은 아니다. 시간의 장미창에는 더 아름답고, 투명함에 지쳐버린 또 다른 얼굴이 드리워 떨리고 있다. 신과 빛이 살랑이는 정원을 낳은 어린 소녀의 얼굴, 어머니의 얼굴이다.

만일 우리가 지성을, 사유의 정수를 그려야 한다면 젊은 어머니의 얼굴을 그리면 될 것이다. 어떤 어머니든 좋다. 모든 사랑의 고통과 찢겨나간 빈 자리를 말해야 할 때도 마찬가지다.

당신은 이 젊은 여인을 바라본다. 그녀에게서 성경 속 맨발로 걷는 여인들을 본다. 거리에서 바삐 서두르는 여인들도 본다. 어제의 여성들과 오늘의 여성들. 그녀들에게는 남편이 있다. 평생 함께할 것처럼 보이지만, 굳이 도망칠 필요가 없는 별로 중요하지 않은 무언가처럼도 보인다. 그녀들에게는 연인이 있다. 그것도 마찬가지로 영원할 것처럼 보인다. 선택이기는 하다. 하지만 어쩔 수 없이 한 선택, 선택 같지 않은 선택이다. 어린 소녀들은, 신이 존재하며 신의 눈동자는 그녀들의 눈동자와 같은 색이라는 것을 배우게 된다. 그래서 그녀들은 그것을 믿는다. 믿고 기다린다. 기다리는 동안 삶의 시간을 보내기 위해, 조급해져서 또는 자신들의 어머니를 따라 하듯 결혼을 한다. 바로 그날부터 신은 떠난다. 자신의 마음에 드는 식사나 고요함을 찾지 못한 사람처럼 집을 저버린다. 영원히 떠나는 것이다. 그러나 떠나면서도 그녀들이 자신을 기다리게 만든다. 누구도 응답할 수 없는, 끝없는 기다림이다. 바로 그때, 광기가 찾아온다. 젊은 여인이 견디는 사랑의 기다림 속에서, 부재로 정화되는 이 열정 속에서, 우리는 광기와 같은 어떤 것을 만나게 된다. 어떤 남자도 이 사랑의 황폐한 땅에 발을 들이지 않는다. 어떤 남자도 이 침묵의 언어에 답할 줄을 모른다.

남자들은 항상 그들 곁에 무언가를 붙잡아 둔다. 어린아이가 자기 주머니 깊숙한 곳에 구슬 하나를 간직하듯이, 남자들은 폐허 속에서조차 확실한 것을 붙든다. 그들이 무언가를 기다린다면, 그건 어떤 구체적인 것을 기다리는 것이다. 그들이 무언가를 잃었다면, 그건 단지 하나만을 잃은 것이다. 반면, 여자들은 모든 것을 갈망한다. 그러나 그것은 불가능하기에 그녀들은 한 번에 모든 것을 잃는다. 자신의 결핍 속에서 사랑을 누리는 하나의 방식이라도 되는 것처럼.

여자들은 자신이 더는 믿지 않는 것을 계속해서 기다린다. 그건 그녀들이 어찌할 수 없는 일이다. 그 어떤 생각보다도 훨씬 더 강렬하기 때문이다. 바로 그 어둠 속에서 아이들이 나타난다. 그 절망의 절정에서 요람기의 근원이 태어난다. 아이들은 육(肉)으로 이루어진 집이다. 우리는 그 집을 자기 자신 안에서 가장 높은 곳으로 들어 올리고서는, 무슨 일이 일어나는지 지켜본다. 아이의 영혼이라는 이 집이 성장하는 것을 목격하며 놀라움을 금치 못한다. 한낮에 맞이하는 수수께끼이다. 더는 당신의 삶도, 그렇다고 누구의 삶도 아닌 삶을 살아가는 것에 대한 수수께끼. 남편은 이제 저 멀리 있다. 처음 만났을 때보다도 더 멀리, 처음 만나는 사람보다도 더 멀리 있다. 아이들이 있고, 나이 든 아이, 덤으로 얻은 또 하나의 아이 같은 존재인 남편이 있다. 동시에 이끌어야 할 이 모든 삶 중 그 어느 것도 당신의 삶은 아니다. 마치 성경 속 이야기처럼, 과거와 현재의 젊은 팔레스타인 여성들은 시간의 먼지 속에서, 바랜 황금빛 나날들 속에서 신을 일으켜 세운다. 그의 머리를 씻기고, 자장가를 불러 달래며, 하얀 리넨으로 그를 감싼다. 호밀과 포도주로 그를 소생시킨다. 그리고 기다린다. 무엇을 기다리는지는 아무도 모른다. 그녀들은 눈물이나 느닷없이 터지는 웃음의 빛에서 집을 떠난 사랑을 다시 되찾는다. 필요하다면 사랑을 만들어 내기도 하고, 때로는 그것을 찾기 위해 밖으로 나서기도 한다. 자신들의 눈에 비친 맑은 하늘을 세상에 펼치거나, 애인을 만들기도 한다. 하지만 어떤 사랑도 그녀들이 아이에게 쏟는 사랑의 빛에 비할 수는 없다. 신이 비운 자리를 대신할 수 있는 사람은 아무도 없다. 기대를 저버린 약속, 거짓된 언약 속에서 태어난 아이만큼 그녀들에게 사랑받을 수 있는 이는 없다.

당신 옆에 앉은 젊은 여인이 자신의 무릎 위에 아이를 올리고서 시시콜콜한 것들을 이야기한다. 지나가는 사람들의 떠들썩한 소리에도 불구하고 그녀는 끝없는 대화를 이어나간다. "있잖아, 내가 산 이 니트 말이야, 무척 비쌌거든, 그런데 다른 가게에서는 이게 반값이지 뭐야, 그래도 어쩌겠어, 난 만족해, 초콜릿 줄까? 들어봐, 우리 바로 위로 기차들이 지나가고 있어, 이 소리 들리지? 기차가 지나가는 소리야, 이제 한 시간 남았어, 안 춥니? 모자 씌워 줄게, 그러고 나서 널 잡아먹을 테다! 내 보물, 내 강아지, 내 새끼, 내 사랑." 그녀는 한 번의 숨결로 연인의 대화, 산 자와 죽은 자의 대화, 고독한 이들의 심연 속 대화를 동시에 이어간다. 사람들은 아이들이 여자들에게서 태어난다고 생각한다. 여자들은 또 다른 여자들에게서 태어난다. 그러나 남자들은 노동과 직업, 경력, 전쟁, 이 모든 것을 향한 어리석은 열정으로부터 태어난다. 남자들에게 남은 것이라고는 그것뿐이다.

바람이 부는 리옹 파르디외 역의 홀 안, 당신은 프라 안젤리코가 그려낸 이 젊은 여인을 바라본다. 어떤 사랑에 빠질 위험도 없이 가벼운 마음으로 그녀를 바라본다. 한 여자에게 반하기 위해서는 고독과 부재가, 혼란과 기쁨을 불러일으키는 무언가가 그녀 안에 있어야만 한다.

그녀의 인생에서 훼손되지 않은 삶의 한 영역이 있어야 한다. 당신뿐만 아니라 그녀 자신조차 알지 못하지만 그럼에도 불구하고 감지할 수 있는, 곧바로 지각할 수 있는, 그을리지 않은 미지의 대지가 있어야만 한다. 하지만 이 경우는 다르다. 이 젊은 여인은 자신의 아이에게 완전히 사로잡혀, 한없이 넘치는 사랑으로 가득 차 있다. 사랑으로 그토록 완전히 불타 빛나는 그녀의 얼굴은 당신의 남은 하루를, 기차를 기다리며 보내야 하는 그 시간을, 그리고 당신이 죽는 날까지 남은 날들을 환히 비추기에 충분하다.

푸른 눈의 고래

La baleine aux yeux verts

모든 것은 이렇게 시작된다. 언제나 그렇듯, 모든 것은 책으로부터 시작된다. 첫 번째 책들, 읽기라는 기적이 일어나는 첫 밤들, 붉게 충혈된 눈, 쿵쾅대는 심장. 독서는 인생에서 매우 늦게, '영원'이 끝난 후, 예닐곱 살쯤에 찾아온다. 읽는 법을 배우기 전, 당신은 세상을 수놓는 목소리들을 듣는다. 가까운 이들의 목소리를, 피의 모래 위를 흐르는 샘물의 속삭임을. 독서는 당신을 이 유년 시절로, 말로는 결코 표현할 수 없는 이 사랑의 가장자리로 이끄는 결핍을 불러일으킨다.

당신은 책의 문 뒤에 서서 어떤 목소리를 듣는다. 숨죽여 들을 만큼 너무도 맑은 목소리, 어두운 밤에 울리는 고요한 목소리를 듣는다. 그것은 마치 꾸밈없는 순전한 말과도 같아, 그 안에서 슬픔은 서서히 잠들며 차마 말할 수 없는 행복한 수면으로 빠져든다.

당신에게는 나이가 있고, 이름이 있다. 당신을 기다리는 삶이 있다. 그 삶은 당신을 위해 만들어진 것이 아니며, 사실 그 누구를 위해 만들어진 것도 아니다. 그저 당신을 기다리고 있을 뿐이다. 여덟 살이면 그런 것들을 아주 잘 알아챈다. 그리고 선택해야 한다는 것도. 신 또는 무(無)를, 일 또는 실업을, 절망 또는 권태를 선택해야만 한다는 것을. 그러나, 거기서 당신은 다른 것을 발견했다. 책을 만난 것이다. 책과 함께라면 당신은 더 이상 선택하지 않고 모든 것을 받아들인다. 독서는 대립 없는 삶이며, 선택의 강요로부터 면제된 삶이다.

당신은 어두운 밤 이불 아래에서도, 한낮의 태양 아래에서도 읽는다. 저항과도 같은 은밀한 독서이자 바람처럼 자유로운 독서이다. 여덟 살에 당신은 섬과 보물, 숲을 사랑한다. 흰고래 역시 마찬가지다. 짙푸른 바다를 유영하는 순백의 고래. 그 고래를 사랑하는 이가 고래를 죽이길 열망한다. 그는 뱃사람이고, 고래를 죽이기 위해 세계 곳곳을 찾아다닌다. 아이들은 뱃사람들 같아서 그들의 눈길이 닿는 곳마다 어디든지 광활한 세계가 펼쳐진다.

당신은 책을 읽으며 더 깊은 이야기까지 나아간다. 삶의 가장 밝은 순간에 어두운 문장을 삽으로 퍼 올리며 스스로를 묻는다. 때때로 고개를 들어 밖을 내다본다. 도시가 보이고, 학교가 보인다. 당신은 이곳이 사막이라 말하고 그것이 실제로 사막처럼 황량하다는 것을 알아차린다. 그리고 이내 다시 책으로, 흰고래 — 잉크처럼 하얗고 피처럼 하얀 — 로 돌아온다. 당신은 독서의 방에서 겨울을 보낸다. 영원처럼 느껴지는 계절들, 금처럼 소중히 보낸 저녁 시간들. 창밖으로 단어들을 던지면, 놀랍게도 항상 더 많은 단어들이 되돌아온다.

당신은 순서도 이유도 없이 읽는다. 독서는 강요될 수 없다. 누구도 당신을 대신해 그것을 결정할 수 없다. 독서는 사랑이나 맑은 날씨와 같아서 아무도, 심지어 당신조차도 그것을 어찌할 수 없다. 당신은 있는 그대로의 자신으로 읽으며, 당신이 읽는 것은 곧 당신 자신이다. 독서란 피의 유치원에서 스스로에 대해 배우는 것이다. 오직 자신만이 발견해 낸, 결코 잊을 수 없는 방식으로 자신이 누구인지를 배우는 일이다.

유년기는 페이지와 함께 넘어가고, 당신은 이제 어려운 시기에 접어든다. 존재하지 않기에 어려운 시기, 별이 없는 밤과도 같은 청소년기이다. 당신은 책 속의 귀부인과 사랑에 빠진다. 그녀들의 맨손을 가볍게 스치기만 해도 영혼은 피를 흘린다. 장미로 가득한 어두워진 정원 안에서 그녀들과 나란히 걷는다. 단어들이 푸른 하늘에서 떨어져 페이지 위로 천천히 내려온다. 가벼움, 격정과 유희를 말하는 단어들. 하나뿐인 사랑, 현세의 사랑을 말하는 단어들. 신과 천사들 그리고 드넓은 자연을 품고 있는 사랑이다. 참새의 목구멍 안에 들어갈 만큼 작고 미세한 그 사랑은 소박한 남자의 가슴에 잠들어 있다가 맑은 공기 속에서 불타오른다. 부족하면서 동시에 넘치는 공기 같은 사랑, 사랑하는 여인의 목덜미 위 곱슬머리 사이로 흐르는 공기 같은 그 사랑은 스스로의 무한함에 끝없이 얽혀 있다. 그것은 멀리서 온 사랑이다. 끝이 보이지 않는 고독의 바닥, 아니 그보다도 훨씬 멀리서 온, 지치지 않는 기쁨의 앎에서 온 것이다. 멀리서 온 이 사랑 외에 다른 사랑은 없다. 모든 이에게 똑같이 적용되는 단 하나의 법칙이 있다고 말하듯, 사랑도 단 하나뿐이다. 모든 존재의 중심에 놓인 동일한 부재(不在), 고통 속에서도, 기쁨 속에서도 동일하게 자리한 부재가 바로 그것이다.

당신이 책에서 배우는 사랑, 다시 말해 '나는 당신을 사랑합니다(je vous aime)'라는 문장을 보자. 먼저 '나는(je)'이라고 말해야 한다. 그것은 어려운 일이다. 마치 길을 잃고 숲속에서 헤매는 것과도 같다. 비인격적인 삶, 시들어 버린 삶이라는 질병에서 벗어나는 것과도 같다. 그다음에는 '당신을(vous)'이라고 말해야 한다. 고통이 도움을 줄 수 있다. 행복에서 비롯된 고통, 질투, 추위, 피의 유리창에 비친 계절의 천진함. 어떤 의미에서는 모든 것이 '당신을'이라고 말하는 것을 도울 수 있다. 충만한 결핍 속에서 눈앞에 부재한 채로 존재하는 모든 것들이 말이다. 마지막으로 '사랑합니다(aime)'라고 말해야 한다. 이미 시간의 끝을 향하고 있지만, 완결되지 않은 상태에서만 말해질 수 있다. 마지막 글자(e)는 발음되지 않고 숨결 속에서 지워진다. 페이지 위의 푸른 공기처럼, 목구멍 속으로 사라진다.

'나는 당신을 사랑합니다.' 주어, 동사, 목적어. 당신이 책에서 배우는 것은 침묵의 문법이자 빛의 교훈이다. 그것을 배우는 데에는 시간이 걸린다. 거기에 도달하기까지는 굉장히 오랜 시간이 필요하다.

당신은 한 권의 책을 품에 안고서 모험을 떠난다. 그리고 다시 그 책을 떠나 다음 책으로 향한다. 책은 먼지로, 바람으로 빚어졌다. 꿈의 가장 귀중한 것들, 먼지와 바람으로 말이다. 당신은 책 속에서 나아가고, 책들을 횡단한다. 그러고는 잊어버린다. 하지만 때때로 다른 일이

일어난다. 때로는 책 곁에, 불빛 곁에 머물다가, 단 한 번, 단 한 문장에서 모든 답을 찾았음을 알게 된다. 당신과는 거의 상관없는, 대수롭지 않은 그 문장이 갑자기 당신을 일생의 끝으로 데려가는 것이다. 그 문장은 오랜 시간이 지난 후에 다가올 어떤 것을 말해주며 문장 자체가 말하는 것보다 더 많은 것을 말해준다. 발자크의 책에서 모르소프 백작 부인이 그 문장을 말한 적 있다. 오늘날 당신은 그 문장을 더는 찾아낼 수 없을 테지만, 그건 중요하지 않다. 그 문장의 빛으로 새겨진 기억을 간직하기에. 광기 어린 사랑의 문장, 마치 눈(雪)처럼 내리고 녹아 사라지는 문장.

사막을 잇달아 건너는 한 여자의 이야기이다. 그녀는 세상의 사막, 결혼의 사막, 권태의 사막, 그리고 열정의 사막을 건너고 또 건넌다. 마지막에 이르러 저 먼 사막의 끝에서 그녀는 행복보다 훨씬 더 나은 것을 향해 떠난다. 무엇도 다할 수 없는 고통, 심지어 고통조차도 소멸시키지 않는 고통 속으로. 믿기 어려운 일이지만 결국 그녀는, 그 흰고래는, 푸른 눈의 백작 부인은 사랑으로 죽는다. 이 죽음의 소리가 모든 것을 결정한다. 그 눈(眼)에 담긴 부드러움이 앞으로 다가올 모든 시간을 약속한다.

당신은 글을 쓰기 시작한다. 작가가 되기 위해 쓰는

것이 아니다. 모든 사랑에 곁여된 그 사랑을 침묵 속에서 다시 만나기 위해서이다. 날것 그대로의 모습과 드러난 상처, 그리고 순수함을 다시 만나기 위해서 말이다. 당신은 단순한 언어로 글을 쓴다. 사랑, 언어, 노래는 따로 구별되지 않는다. 노래는 곧 사랑이고 사랑은 곧 강물이다. 그것은 때때로 사라진다. 땅속으로 스며들며, 한 언어의 깊은 층에서 보이지 않게 그 흐름을 계속 이어간다. 그러다 여기저기서 다시 모습을 드러낸다. 불굴의 변하지 않는 모습으로. 당신은 사랑 앞에서 마치 모르소프 백작 부인 앞에 선 것처럼 서 있다. 그녀를 부르고 싶고 품에 안고 싶다. 너무도 사랑한 나머지, 그녀를 죽일 수도 있을 만큼. 당신은 그녀를 부르고 싶지만, 그녀는 이미 한 길의 끝으로, 한 계절의 경이로움 속으로 달아나 버렸다. 그래서 당신은 글을 쓴다. 샘을 찾기 위해 사막으로 돌아간다. 글을 쓸 때만 비로소 일어나는 일이다. 나뭇잎과 빗방울이 섞이듯, 모든 것이 뒤섞인 하나의 감정. 그것은 당신을 찾아와 불행하게 만드는 기쁨이다. 기쁨은 유년에서 솟아올라 다시 그곳으로 돌아가는 노래에서 온다. 그 노래를 듣기 위해서 당신은 글을 쓴다. 스쳐 지나가는 바람을, 타오르는 장미를, 죽어가는 사랑을 노래하는, 푸른 눈을 가진 흰고래의 맑고 순수한 노래를 듣기 위해서 글을 쓰는 것이다.

바람의 정수(精髓)

La fleur de l'air

하늘에 닿을 듯이 높은 건물에 한 아이가 살고 있다. 황폐한 하늘 아래 놓인 회색 덩어리들. 이런 건물 안에는 가난한 사람들이 산다. 그르노블이라는 도시이지만, 건물만 본다면 어디든 있을 수 있는 풍경이다.

아이는 여섯 살이고, 잿빛 눈을 가졌다. 당신은 그 아이와 함께 도시의 공원으로 간다. 상상이 부재하는, 황갈색 흙으로 뒤덮인 장소이다. 하늘은 거장의 그림 속 배경처럼 지나가는 사람들 주위로 그 모습을 또렷이 드러낸다. 드넓은 하늘, 마치 손으로 움켜쥘 수 있을 것만 같다. 당신은 아이와 함께 논다. 마땅히 그래야 하는 것처럼 마음껏 즐긴다. 당신은 아이들과 함께 있는 것을 좋아하지만 그 이유에 대해선 잘 모른다.

당신의 삶에는 여러 시간들이 섞여 있다. 그리고 시간에는 강물처럼 여러 종류의 물줄기가 얽혀 있다. 유년기는 '하루'라는 강물 속에서 깊은 흐름을 이룬다. 당신은 자주 그곳으로 돌아간다. 마치 오랜 시간 자리를 비웠던 집으로 돌아가듯이.

무어라 말할 수 없는 아이들이 있다. 전형적인 가정에서 자란 아이들이다. 그들은 우리가 그들에 대해 가진 지식 안에서 성장하기에 우리를 결코 놀라게 하는 법이 없다. 무언가에 막힌 채로 기다림 속에 있는 것 같달까. 당신에게 그 아이들은 먼 곳의 구름, 모습을 드러내기에는 아직 수년은 더 걸릴 것 같은 폭풍우처럼 보인다.

그리고 또 다른 아이들이 있다. 당신의 주말을 침범하는 이 작은 무리. 서너 집에서 몰려온 아이들이 당신을 부른다. 그럴 수만 있다면, 매일 당신을 부를 것이다.

"오늘은 뭐 할 거예요?" 대답은 간단하다. 여기에 가고, 저기에 간다. 숲속을 거닐고, 길을 헤매고, 공원에서 어슬렁거린다. 동물들에게 풀을 주고, 천사들에게 빛을 준다. 어떤 날에는 연못에 빠져 허우적거리고, 다른 날에는 불꽃 위로 몸을 기울인다. 고양이처럼 불길을 장난스럽게 건드리다가 또 다른 곳으로 떠난다. 절대 한곳에 머물지 않는다. 우리는 삶 전체를, 공간과 시간을 차지한다. 모든 곳에 있으면서 동시에 모든 것에 사로잡힌다.

유년을 통해서 당신은 놀이를 되찾는다. 놀이를 통해서 당신은 허공의 요람 속 잠들어 있는 영원을 깨운다. 시간은 아이의 손바닥 안에서 웅크린 채 말려 있는, 가볍고 새하얀 깃털과도 같다. 아이들은 두 손바닥의 오목한 곳에 숨을 불어넣고, 당신은 아이들과 함께 빛의 솜털이 시간마다, 페이지마다 날아오르는 모습을 지켜본다. 고독 속에 있을 때와 마찬가지로, 아이들을 돌보며 함께하는 시간 속에서 당신은 셀 수 없이 많은 존재감과 경이를 다시 발견한다. 경이로움이란 죽음을 잊는 것이 아니다. 그것은 쓰라림과 어두움 그리고 삶의 다른 모든 것들을 대할 때처럼, 첫 경험의 타는 듯한 아픔 속에서, 전례 없는 깨달음의 신선함 속에서 죽음을 관조할 수 있는 능력이다.

유년기에는 규칙도, 규율도 없다. 매 순간 자신에 대한 모든 것을 새롭게 만들어 낸다. 마치 세상도, 밀밭도, 부드러운 살결도 없는 상태에서 처음으로 자신의 존재를 인식하는 신과 같다. 존재하는 것 속에서 우리는 결핍을 본다. 웃음 속에서 우리는 그 결핍과 이어진다.

잿빛 회색 눈을 가진 아이가 당신에게서 멀어진다. 강렬한 색으로 칠해진 네 개의 금속 구조물이 있는, 철책으로 둘러싸인 놀이터로 달려간다. 아이는 한 놀이기구에서 다른 놀이기구로 옮겨 다니며 열중한다. 종종 멈춰 설 때면 시간도, 별들도, 공중에 떠 있는 먼지들도 함께 멈춘다. 그러다 아이는 또다시 다른 곳으로 향한다. 두 팔을 뒤로 뻗은 채 비둘기를 쫓는다. 살금살금 다가가다가 갑작스레 달려들자 비둘기는 푸드덕 날아올라 조금 더 멀찍이 떨어져 앉는다. 돌연 모든 것이 다시 멈춘다. 눈은 색채를 잃고 세상은 자신의 무게를 비워낸다. 아이는 다시 움직이며 새로운 놀이를 만들어 낸다. 황량한 땅에서 생겨나는 십여 가지의 놀이. 그리고 항상 찾아오는, 모든 것이 멈추는 그 순간. 아이는 마치 모든 문을 다 열어젖힌 뒤, 텅 빈 눈으로 문턱에 멈춰 서 있는 사람 같다. 한 생각이, 말로는 표현될 수 없는 어떤 생각이 아이와 함께 움직인다. 생각이 너무 가까이 다가올 때면 아이는 꼼짝도 할 수 없다. 그 순간, 당신은 아이의 얼굴을 바라본다. 계절의 흐름과 다가오는 죽음, 보다 더 깊은 몽상으로의 도달이 모두 그 얼굴이라는 하늘 위에 드러난다. 당신이 바라보는 잿빛 회색 눈은 세상이 소멸하듯 자신이 사라지는 순간이 임박했음을 말한다. 부재는 아이에게 있어 자연스러운 은총이다. 신의 본질 속에 빛이 깃들어 있는 것처럼, 부재는 아이의 본성에 깊이 자리한다.

하늘 속에는 수많은 하늘이 있고, 하루 안에는 수많은 날들이 있다. 봐야 할 것이 너무 많기에 길을 잃지 않을 수 없다. 아이는 모든 길을 달리고 모든 강을 따라가며, 시선은 무한히 방황한다. 아이의 산만함은 손을 쓸 방도가 없다. 그 산만함이 아이를 대하는 사람들을 나쁜 사람으로 만들 수도 있고, 심지어 극도의 난폭함에 이르게 할 수도 있다. "무슨 생각을 하니? 넌 정말 조심성이라고는 없구나. 내가 수천 번 말했잖니." 우리는 아이에게 수없이 말한다. 어서 크라고 재촉하면서 나이가 주는 단조로움 속으로 아이를 밀어 넣는다. 아이는 자신을 둘러싼 말 속에서, 사람들이 자신의 죽음을 바라는 욕망과 더는 자신을 돌보지 않으려는 은밀한 바람을 알아본다. 하지만 그런 빈말은 아이에게 아무런 영향도 미치지 않는다. 그 말은 아이의 공상 위에서 미끄러져 바닥에 떨어진다. 아이의 장난감보다도 더 부서지기 쉬운 말이다. 게다가 아이는 듣지 않는다. 실제로 그곳에 있지도 않다. 아이는 자신의 눈이 닿는 모든 곳에 가 있으므로.

삶의 아주 초기에, 이미 모든 것은 너무 늦은 것이다. 삶의 아주 초기에, 이미 끝이 찾아온 것이다. 모든 삶은 그 기원부터, 그 여명부터 소멸을 향해 나아가도록 정해져 있다. 아이는 자신이 보는 것 속에서 자신의 사라짐을 예감한다. 아이는 자신의 시간을 지배하는 이 소멸의 원리를 거스르지 않는다. 오히려 그것을 가속한다. 지나가는 모든 것과 함께 지나가고, 모든 것과 섞이며, 자신이 보는 것 안에서 길을 잃는다. 아이의 부재는 어쩌면 아이라는 존재가 가진 가장 순수한 이름일지도 모른다. 자기 마음속 곳곳에 흩어져 있는 아이는 곤충을 만지듯 별을 만지고, 죽어가는 이들의 얼굴을 만지듯 나뭇잎을 만진다.

잿빛 회색 눈을 가진 아이가 당신을 향해 돌아온다. 놀이에 지쳐 숨을 헐떡이며 당신 옆에 앉고서는 학교 이야기를 꺼낸다. 마치 일에 대해 이야기하듯이 말한다. 아이가 옳다. 일이란, 자신이 선택하지 않은 곳에 존재하는 것이고, 자신과 모든 것으로부터 멀리 떨어져 머무르도록 강요되는 것이기 때문이다. 아이의 말은 끝이 없다. 결코 어떤 하나의 생각 속에서 사그라지지 않는다. 공기와 꿈에 취해 세상 끝까지 나아간다. 경쾌하고 무의미한 말은 내뱉어진 그 순간, 망각될 운명에 놓인다. 마시는 공기처럼, 삼키는 하늘처럼. 가볍다. 정말이지 너무도 가볍다.

당신은 아이에게 커서 무엇을 하고 싶은지 묻는다. 빛이라곤 없는 질문이다. 아이에게 유년기의 끝을, 나이

듦과 피로의 시작을 전제하기 때문이다. 유년기의 끝은 조용히 찾아온다. 자신에게 닥쳤음을 인식하지 못한 채 겪게 되는 죽음처럼. 당신의 모든 시간을 마지막 순간까지 끊임없이 황홀케 하며 빛나던 별의 소멸처럼. 그것은 삶에서 가장 큰 수수께끼와도 같다. 아이는 즉각 대답한다. "저는 사람들을 체포할 거예요." 당신은 이 대답을 그 말 그대로, 어떤 이야깃거리로 포장되지 않은 채 그 자체로, 현재로 듣는다. 유년기에는 미래가 존재하지 않는다. 잠이나 사랑에서와 마찬가지로, 유년기에 미래라는 것은 존재하지 않는다.

삶에는 미래도 과거도 존재하지 않는다. 현재만이, 현재의 영원한 출혈만이 있을 뿐이다. 신을 기다리는 것으로 이미 신 자체가 되고, 부정한 생각을 한 순간 사랑은 이미 종말을 맞는다. 아이의 말도 마찬가지다. 아이는 이미 사람들을 체포한다. 시간의 흐름을, 세상의 수레를 자신 안에서 멈춰 세우는 방식으로*. 당신에게 그렇게 했던 것처럼.

당신은 아이와 함께 공원을 나와 거리를 걸으며 바람의 정수(精髓)를 맛본다. 그리고 마침내 건물 앞에 도착한다. 당신은 그곳에서 아이와 헤어지고, 그 후 몇 년이 지

* '체포하다'라는 뜻으로 쓰인 동사 arrêter에는 '중지하다, 멈추게 하다'라는 뜻도 있다.

나도록 만나지 못한다. 하지만 가끔씩 그 아이를 생각한다. 그것은 문장으로 이루어진 생각이 아니다. 그런 생각이 종종 찾아온다. 모든 부류의 사람들을 떠올리며 그들에게 글을 쓰고 싶다는, 한마디 말로 그들의 손 닿지 않는 고독에 다가가고 싶다는 충동. 하지만 당신은 결코 그렇게 하지 않는다. 잘못된 선택임을 알지만, 그래도 하지 않는다. 말도, 어린 시절도, 눈빛도, 그 모든 것을 잃어가는 그가 회색 덩어리 속으로 멀어져 가도록 내버려둔다.

좁은 창

La merutrière

글을 쓰는 그 순간, 당신은 여전히 그녀와 함께 살아간다. 벌써 3년째다. 어쩌면 700년 전부터라고 할 수 있을지도. 1250년에 태어난 그녀는 1310년, 자신의 책 때문에 화형을 당했다. 그녀의 책에는 단지 푸른 하늘만이 담겨 있을 뿐이다.

그녀는 당시 유럽 전역을 누비던 여성들 중 한 명이다. 철새처럼 무리 지어 움직이는 여성들. 그녀들이 북부 지방인 라인란트와 바이에른에 나타나자 그곳에 별안간 사랑의 꽃이 피어난다. 회색빛 평야 위에 맑은 얼굴이 비처럼 내리고, 죽은 세계에 40년의 여명이 찾아온다. 그녀들은 누더기 옷차림으로 사방에서 출몰한다. 다른 어떤 걱정도 없이 그저 나아간다. 땅은 그 위를 가뿐히 걸으며 푸른 공기와 신선한 빛을 맛보기 위해 그녀들에게 맡겨졌다. 단지 잠시 동안, 그녀들의 모든 시간을 앗아가는 그 잠시 동안.

그녀들은 굶주림으로, 부재로, 무(無)로 배를 채운다. 영혼의 불이 그녀들의 양식이다. 그녀들은 아버지의 정원에 가서 아무도 모르는 것을, 누구도 주지 않는 것을 몰래 가져간다. 모든 사랑을 초월하는 사랑, 일생보다 더 오래 지속되는 사랑을 훔친다.

옷은 해어지고 말은 조각조각 흩어진다. 그녀들은 초조함 속에서 글을 쓰며, 슬픔에 물든 몇 마디 황금빛 문장을 식물 표본집 사이에 끼워 넣는다. 그러나 대부분의 경우 잉크병에서 멀리 떨어져, 자신들의 실개천 같은 목소리가 맑은 공기 속에서 흩어지도록 내버려둔다. 그녀들이 '하느님'이라고 부르는 것은 모든 빛보다 더 빠른 정신의 속도요, 드러나기도 전에 억압당한 생각이며, 연약한 육체 속에서 쏟아지는 기쁨의 급류다. 그녀들이 '악마'라고 부르는 것도 다르지 않다. 그녀들은 자신들을 표현해 줄 수 있는 말보다 앞서 있고, 자신들을 쉬게 할 수 있는 침묵보다 앞서 있다. 신성하다는 것이 무(無)가 되는 것이라면, 그녀들은 신성하다. 죽음의 문턱에 서서 모든 것을 잃을 때를 맞이하듯이 잊을 수 없는 사랑으로 지상을 사랑하는 것이 신성한 것이라면, 그녀들은 신성하다.

그녀들은 교회와 결혼이라는 전통적인 사회적 기준에 얽매이지 않고 낮과 밤이라는 시간의 제약에서도 벗어나 있다. 사람들은 그녀들이 제정신이 아니라고 말하며 수도원에 가두고 하나의 윤리 속에 묻으려 하지만, 아무 소용이 없다. 그녀들 중 몇몇은 불태워졌다. 당신의 책상 위에 놓인, 703년 전의 이 책의 저자처럼. 그러나 글은 육신을 따라 불구덩이 속으로 들어가지 않았다. 글은 빛이었고, 사람들은 빛을 태우는 방법까지는 알지 못했다. 드레스가 순식간에 화르르 타오르고 뒤이어 부드럽고 둥근 젖가슴이, 그 살 아래 감춰진 뼈마저 타버렸지만, 글이라는 새는 한순간도 요동치지 않았다. 아주 작은 떨림이, 빛의 깃털 아래 아주 작은 전율이 있었을 뿐이다. 책이라는 새는 잿더미 아래서 온전한 모습으로 남아 있었다.

서적들은 입수되자마자 곧바로 다시 필사되었다. 한 권의 책을 필사하는 데는 오랜 시간이 걸린다. 순전한 인내심이 있어야 하고, 자신을 온전히 망각해야 한다. 필경사는 그만큼 커다란 분노를 사기도 했지만, 그럼에도 써 내려갔다. 죽음보다 더 오래 지속되는 것이 있고, 삶보다 훨씬 더 빛나는 사랑이 있다는 것을.

책은 천천히 이해되고 느껴지는 것이다. 당신은 그 책을 3년 동안 곁에 두었지만, 아직 끝내지 못했다. 휴가에도 가지고 다니며, 특히 여름 하늘 아래에서 펼치곤 한다. 마치 그 책을 읽으려면 강제된 시간 계획에서는 드러나지 않는 어떤 숭고함을 되찾아야 한다는 듯이. 여름밤 내내 당신을 찾아오는 향수 속에서만 가질 수 있는 어떤 순수함을 되찾아야 한다는 듯이.

이제르의 푸르른 방에서, 당신은 몇 권의 책을 챙긴다. 어떤 책을 고를지는 쉬운 일이 아니다. 하지만 불에 탄 여인의 책은 늘 선택된다. 그 책은 스스로 존재를 강렬하게 드러내며 다가온다. 어떤 책에 대해 이야기하는 것이 얼마나 곤란한지, 그 곤란함의 정도에 따라 책들을 분류해 볼 수 있다. 먼저, 넘치는 사유와 지식으로 매몰되어 있는 책들이 있다. 이 책들은 모두 사상이라는 죽은 물속에서 모래로 뒤덮여 있다. 그 책들에 대해 말하는 사람들은 순식간에 견딜 수 없는 존재가 된다. 그들은 많이 읽지만, 읽는 것이 아니다. 자신들의 지식을 견고하게 하며, 부를 증식시킬 뿐이다. 그런가 하면 어떻게 말해야 할지 모르는 책들이 있다. 자줏빛 하늘에 떠오른 첫 번째 별처럼 겨우 손가락으로 가리킬 수 있을 뿐. 그 책이 바로 그런 책이다. 쉽게 다가오지 않고, 저항하는 책. 눈부

시게 빛나는 명료한 문장들이 당신을 사로잡고, 한두 페이지 만에 당신을 서둘러 멈춰 세운다. 당신에게 매달려 요구를 들어주기 전까지는 놓지 않는 어린아이 같은 문장들. 당신은 그 문장들에 밑줄을 긋고, 다시 읽으며 몰두한다. 한 문장과 함께 몇 시간을 보내며, 저자와 동행한다. 이 여인을, 그녀가 어떤 사람인지, 무엇을 했는지를 본다. 날이 밝아 오는 것도, 빛이 어둠에 자리를 내어주는 것도 그녀와 함께 지켜본다. 침묵 속의 고요함을 함께 듣는다.

그녀는 변덕스러운 연인을 대하듯이 하느님을 대한다. 오직 하느님과만 관계를 맺는다. 자신의 사랑에 이름을 붙이기 위해, 배운 모든 언어로부터 그를 떼어놓는다. 그를 유혹하기 위해 모든 장신구를 벗어 던진다. 무거운 옷을 벗어버리듯, 자신의 이성도 벗어버린다. 완전히 벌거벗은 채, 시간 아래에서 흐르는 거대한 빛의 강물 속으로 몸을 담근다. 사물들의 풍요로움이 시야를 가리고, 생각의 웅성거림이 귀를 막는 법이다. 그녀는 모든 것들을 멀리하고, 모든 생각을 소멸시킨다. 그제야 비로소 보기 시작하고 듣기 시작한다. 사랑은 그녀 앞 어디에나 존재한다. 침묵 속에서 그녀는 사랑을 예감한다. 기다림 속에서 그녀는 사랑을 발견한다. 자신이 어떤 순수한 인내로 무엇을 얼마나 기다리는지 더는 알 수 없는, 끝없는 기다림이라는 유희 속에서.

그러나 때로는 조급해져서 천사들과 흥정을 벌인다. 자신의 사랑을 부르짖으며 애원하고 명령한다. 사랑을 부르며 기쁨을 느끼고, 그 사랑이 놀랍게 응답이라도 하면 더욱 기뻐한다. "나의 아름다운 주님, 내 영혼의 주인이시며 멀고도 가까운 이여, 내 피의 샘물이여." 그녀는 언어의 깊은 안쪽을 뒤져 세상 끝의 문장들을, 왕자들의 문법과 여왕들의 탄식을 그러모은다. 하느님을 혀 아래에 두고, 품에 안고, 피부 구석구석에, 알파벳의 모든 글자 속에 담는다. 그녀는 거울 앞에 서서 혼잣말을 한다. "나의 연인을 위해서라면 무엇도 아깝지 않습니다. 어떤 것도 여명을 입은 그의 손보다 부드러울 순 없습니다. 그가 나를 취하여 내게 상처 주고 나를 버리고 심지어 잊어버릴지라도, 사랑의 어둠 속에 있듯이 그의 망각이 나를 덮을지라도, 나는 그곳에서 곤히 잠들고 영원히 기다릴 것입니다."

그녀는 새로운 연인을 만난 여자들처럼 하늘로 물든 신선한 마음을 회복한다. 자신이 무슨 말을 하는지 더는 모른 채로 웃고, 나뭇가지 위에 앉은 새처럼 아무 말 없이 노래하며 자신의 노래보다 더 멀리 날아오른다. 그녀는 어느 계절에도, 어느 시대에도 속하지 않는다. 시류(時

流)에 속한 것은 바람과 함께 흘러가며 시간과 함께 지나간다. 그러나 그녀는 그렇지 않다. 책을 읽는 동안, 그녀는 존재한다. 방황하는 영혼들의 우아함을, 상처 입은 여인들의 부드러움을 간직한 채로 빛의 상류에, 마음의 근원 가까이에 머문다.

사랑받는다는 것은 좋은 일이다. 다른 이의 시선과 생각이라는, 우리가 결코 도달할 수 없으리라 절망했던 푸르른 섬들에 다다르는 것과도 같다. 그러나 그녀처럼 사랑하는 것은 더욱 감미로운 일이다. 부재 속에서 길을 잃은 사랑, 누구에게도 속하지 않는 사랑.

당신은 잎사귀로 둘러싸인 방에서 책을 펼친다. 여름날의 하루하루가 선사하는 경이로움이 아니고서는 이 목소리에 견줄만한 것은 없다. 이 책과 함께 하루를 시작하고 자기 자신으로부터 멀어진다. 그녀의 부름에 문을 열어준다. 그녀의 드레스는 가볍고 그녀의 발걸음은 너무나도 민첩해서 단숨에 그녀를 당신의 가장 맑은 시선으로, 기다림의 비밀스러운 공간으로 데려간다. 당신은 이 여인을 사랑한다. 그 이유는 자명하다 못해 매우 단순하다. 물 위로 던진 돌멩이가 튀어 오르며 이어지는 것처럼, 사랑하고 있는 그녀를 사랑하는 것이다. 밤낮으로 노래하는 흰 비둘기처럼 온 마음을 다해 사랑하는 여인을 사랑하는 일, 그 자체를 사랑한다. 고성의 총안(銃眼)이라는 좁은 창으로, 생(生)의 어둠 속에서 펼쳐진 책의 미세한 틈새 사이로 들어오는 빛의 새를, 당신은 사랑한다.

결코 잠들지 않는 사람

Celui qui ne dort jamais

그는 아무도 아닌 존재이기에 모든 것을 할 수 있는 남자다. 학업도, 일도, 성공도, 그 모든 것을 이룬 그런 유의 사람. 지금 그는 한 공장을 경영한다. 하지만 경영은 적확한 말이 아니다. 사업 환경은 다른 모든 업계와 다르지 않다. 어디에서나 동일한 기본 법칙이 적용된다. 단순하고 속된 법칙, 지배하려는 갈망과 파괴하려는 욕망 말이다. 그는 이 법칙을 알고 있지만, 그에 굴복하지는 않는다.

그는 마치 자석과 같다. 일자리에서 누구나 필요로 하는 비열함과 이익의 쇳가루들이 그에게 끌려온다. 그러나 그는 그것들을 바라볼 뿐 지나쳐 간다. 그를 타락시키는 것은 아무것도 없다. 그를 이끄는 건 자부심이다. 헤아릴 수 없이 커다란, 오직 그 자신만이 정의할 수 있는 자부심. 삶의 품격을 언제나 잃지 않는다는 자부심, 자신을 둘러싼 환경을 벗어난다는 자부심이다.

그는 세상을 측량 기사처럼 살아간다. 본능적으로 거리를 계산하고, 단번에 중심을 이루는 것과 주변을 이루는 것을 알아본다. 어느 곳에 도착하든, 그는 이미 오갈 말들을 듣고, 일어날 일과 일어나지 않을 일을 본다. 어디든지 가며 저명한 인사들, 권력을 지닌 힘 있는 사람들과 어울린다. 그들의 테이블에 초대되고, 그들의 대화에 받아들여진다. 자신을 잃을 위험을 감수하고 허공에 몸을 기울이듯, 그는 그들에게 가능한 한 가까이 다가간다. 거기에서 제 영혼의 죽음과 유년의 끝을 스쳐 지나간다. 그러나 마지막 순간, 그는 터져 나오는 웃음과 자신감 넘치는 모습으로 그곳을 빠져나온다. 최후의 순간, 그는 늘 그래왔던 모습 — 모든 것에 호기심을 품은 성가신 아이, 사냥감을 아랑곳하지 않는 태평한 여우 — 으로 되돌아간다. 뒤돌아서서 웃음 속으로 멀어진다.

한 인생에서 진정한 사건이라 부를 만한 것은 거의 없다. 삶에는 진짜라 말할 수 있는 것이 그리 많지 않다. 세상은 그의 야망을 담기에는 너무 협소하고, 신은 존재하지 않는다. 그렇다면 남은 시간에 무엇을 해야 할까? 이 모든 시간에 대체 무엇을 해야 한단 말인가? 오늘은 이 공장이 있고, 내일은 또 다른 무언가가 있을 것이다. 그는 세상을 볼 줄 아는 이들에게 사업 세계의 대체할 수 없는 비전을 제공한다. 그것은 하나의 구역, 하늘도 희망도 없는 낮고 황량한 땅이다. 그곳에서 사람들은 플라스틱, 강철, 판지를 생산하고 폐기물을 만들어 낸다. 사람들은 더 이상 자신이 무엇을 하는지 알지 못하고 그 일에 시간을 할애할 가치가 없다는 것을 깨닫지 못하며, 한 시간이 여덟 세기인 것처럼 하루 여덟 시간씩, 더 많이 일해야 한다는 말에 설득당한다. 그것이 바로 지배적인 산업의 모습이자, 산업의 가장 큰 모험이다.

산업화된 세계는 이미 전 세계를 아우르며, 아이들에게 들려주는 어두운 우화이자 한낮에 겪는 지독한 불면증이다. 이곳에서 돈의 존재는 원시 사회 속 신의 존재만큼이나 중요하게 여겨지며, 동일한 방식으로 영향을 미쳐 얼굴 위로 드러나는 표정과 생각의 흐름을 지배한다. 지배자들은 돈을 섬긴다. 그들은 자신의 시간을 아끼지 않고 소비하며, 일한다고 믿지만 사실은 쾌락을 누리고 있을 뿐이다. 쾌락을 누린다고 믿지만 사실은 자신의 지위에 순응하고 있을 뿐이다. 그들은 이 복종을 자랑스러워한다. 자신들 없이는 부(富)도, 빵도, 의미도, 이 세상에서의 어떤 경이로움도 없을 것이라고 상상한다. 어느 정도는 맞는 말이다. 어떤 의미에서 그들은 현 상태를 유지하기 위해 필요한 존재들이다. 일부 부족에서 죽은 이들과의 거래에 바쳐지는 접촉을 금지 받은 이들과 마찬가지로, 그들은 돈에 맡겨진 것이다. 돈을 치우는 청소부, 새로운 유형의 노예, 백만장자인 노예들. 그들은 명령하고, 결정하고, 결단을 내리며 많은 말을 하는 자들이다. 말이야말로 그들의 밑감이다. 그러나 그들이 하는 수많은 말은 결코 개인적인 것이 아니다. 그들은 자신이 하는 일에 따라, 인생에서 무엇을 해야 하는지에 대한 일반적인 이념, 습득된 생각에 따라 말할 뿐이다. 매사에 진지하고, 그림자가 없는 사람들. 돈의 광채가 그들이 가진 고유한 특징을 균일하게 만들어 버린다. 냉정한 무관심이 깃든 표정과 개인적이고 독창적인 모험이 사라진 흔적은 그들을 매번 같은 사람인 것처럼 보이게 만든다. 사무실에서, 공항에서, 고급 레스토랑에서 그들은 수없이 발견된다.

그러나 그는 이 모든 것을 손쉽게 가로지른다. 그는 여기에 속해 있지 않다. 그는 어디에도 속하지 않는다. 자신이 있는 자리에서 성공하지만, 그것은 중요하지 않다. 중요하지 않기 때문에 성공하는 것이다. 산업계에서 성공한 것처럼 범죄 세계에서도 똑같이 성공할 수 있었을 것이다. 결국 그것은 동일한 승리이며, 타인들과 자신 앞에 놓인 장애물을 제거하는 동일한 일에 지나지 않는다.

우리는 그를 둘러싼 것과 그가 지나가며 그 길에서 밝히는 것들을 바라본다. 우리는 책을 통해서 영원한 것과 변치 않는 것을 배운다. 그러나 세상은 그곳에 머무르면서도 동시에 벗어나는 방식으로만, 마치 물과 물이 섞이듯이 스스로 포착한 것들 안에 잠겨 하나가 된 이 실질적인 지성으로만 이해될 수 있다. 우리는 그를 보면서 그에 대해 모든 것을 배우지만, 정작 우리가 배운 것이 무엇인지는 알지 못한다.

그는 유동적이고 유연하며, 본능에서 비롯된 지고의 지성 또한 갖추고 있다. 그는 자신에 대해서는 아무런 두려움도 없다. 하지만 고독만은 예외다. 하루 이상 지속되는 고독 앞에서, 그는 기름 없는 등불처럼 꺼지고 만다. 그는 세상으로부터 받는 것과 취하는 것으로 살아가며, 그것으로 자신의 육체와 정신을 살찌운다. 그것이야말로 다른 모든 것을 조직하고 지배하는 유일하고 진정한 욕구이다. 글을 쓰기 위해서 그러나 또한 아무거나 쓰지 않기 위해서도 고독이 필요한 당신의 관점에서 보자면, 이 필요성이 그에게는 하나의 맹점이다. 고독은 그에게 세상을 명확하게 보게 하지만, 다른 어떤 빛도 허락하지 않기 때문이다.

물론 그는 자신이 그렇게나 좋아하는 이 놀음 이외

에 세상에 다른 것이 있다는 것을 부인한다. 그는 말하고, 놀라움을 자아내고, 마음을 사로잡으며, 놀음에서 모든 것을 거머쥐기 위해 열중한다. 남자들과의 우정을 즐기지만, 자신을 이해하는 데 있어서는 오직 여자들과만 관계를 맺는다. 그에게 유혹이란 아주 오래된 예술처럼 거칠면서도 섬세한 것이다. 그의 유혹은 상처 하나 없이 상대를 죽이는 일이다. 그는 은빛으로 반짝이는 활기찬 어조로 말한다. 사람들은 그의 빛나는 말에 귀 기울이고, 이 덧없는 영혼을 바라본다. 그의 모습과도 일맥상통하는 그의 말들은 부조리 속으로 멀어진다. 무언의 웃음에 의해 약해지고 스스로 소멸한다.

그는 아무것도 믿지 않는 것을 직업으로 삼는다. 타인에게 명령을 내리는 자는 스스로를 신의 자리에 놓는다. 그러나 타인에게 명령을 내리면서 자신의 명령을 비웃는 자는 스스로를 악마의 자리에 놓는다. 그러나 이는 악랄함은 없는, 어린아이 같은 악마이다. 그는 무가치한 사고에 따라 행동한다. 절대 휴식을 맛보지 말라고, 끊임없이 움직이라고 말함으로써 자기 자신으로부터 멀어지게 만드는 사고에 따라 행동한다. 그는 의지라는 빛나는 힘을 숭배하는 모든 이들과 다르지 않기에, 사람들은 그가 결코 잠들지 않는다고, 무엇도 그의 속도를 늦출 수 없고, 졸음도 그를 막을 수 없을 거라고 믿을지도 모른다. 그를 보고 있노라면 잠들어 있는 순간에도 수면의 낙엽 더미 밑에서 매복하며 경계하는 사람처럼 보인다.

궂은 저녁이면 그는 그 이유를 따져보다가 피로와 냉소에 굴복하며 생각하기를 그만둔다. 그것이 그의 어리석음이지만 아마도 피할 수 없는 부분일 것이다. 그는 움직임 속에서 다시 자신의 지성을 되찾는다. 행동으로 자신의 사고를 회복시킨다. 그는 자신의 나이에서 최고의 순간을 살고 있으며, 앞으로도 언제나 그렇게 공허의 힘으로 살아갈 것이다. 우리가 흔히 '페르소나주*'라고 부르는 것과는 다르다. 쉴 새 없이 움직이는 그는 맡은 역할도 없으니까. 그는 자신의 삶을 하나의 덧없는 작품으로 만들어 간다. 기록도, 흔적도 남기지 않은 채로. 지워져 가는, 소멸 중인 삶이며 얼굴 없는 인간이다. 화가보다, 캔버스 위의 붓보다 더 빠른 모델이다.

---

* 페르소나주(personnages)는 소설이나 연극의 등장 인물을 뜻하는 프랑스어이다.

신의 존재를 말하는 작은 증거들

Les preuves en miettes de l’existence de dieu

창 하나가 방 안에 나 있다. 하루 중 여유 있는 시간. 느리게 흘러가는 삶 속에 나 있는 창으로 조용하고 밝은 빛이 지나간다. 봄빛이다. 보기에는 부드럽지만 약간의 쓴맛을 마음에 남기는, 갓 양조된 포도주처럼 아직은 설익은 빛. 당신은 몇 시간 동안 그 빛이 지나가는 것을 바라본다. 자신을 벗어나 영원으로 향하는 이 응시보다 삶에서 더 좋은 일을 당신은 알지 못한다. 빈 시간과 맑은 하늘이 영혼에 제시하는 이 위대한 지성, 오직 그곳에서만 닿을 수 있는 아름다움이 있다.

거대하고 우아한 자태를 뽐내는 나무 한 그루가 잎이 무성한 자신의 어깨를 창문에 기대고 있다. 있는 힘을 다해 하늘로 자라는 나무는 낮에 어두움을 드리우고 생각을 눈멀게 한다. 한 가지만으로도 모든 것을 알 수 있고 한 모습만으로도 모든 모습을 누릴 수 있듯, 한 그루의 나무면 족히 볼 수 있다. 오랜 병을 앓고 난 후 걷는 법을 다시 배우듯이 한 걸음 한 걸음, 한 생각 한 생각, 보는 법을 배운다. 한 그루의 나무만으로도, 이 나무의 잎사귀 하나, 잊힌 이 한 장의 잎을 저녁에 생각하는 것만으로도 충분하다.

당신은 잠들기 전 종종 별들이 가득한 밤하늘 아래 높게 뻗은 이 밤나무를 상상한다. 볼 수 없을 때 상상 속에서 나무는 훨씬 더 거대해진다. 그 나무의 그늘 아래에서 당신은 글을 쓴다. 페이지에 드리운 나무 그림자 속에서 아름다움, 힘, 죽음이라는 본질을 배운다. 뿌리 깊은 유년에 대해서도. 당신은 모든 것을 저버릴 수 있고 모든 것에서 멀어질 수 있지만, 이 나무만은 예외이다. 우리의 삶을 비추는 것은, 말로 전하거나 붙잡을 수 있는 것이 아니다. 우리가 말하는 것은 결국 침묵으로 돌아가고, 붙잡은 것은 결국 손을 떠난다. 한 줌 속 맑은 물을 어찌할 수 없듯이 우리의 삶 역시 통제할 수 없다. 우리는 우리 자신을 벗어나 우리의 사랑을 먹고 자라는 것만을 소유할 뿐이다. 꿈속의 나무 한 그루, 침묵 속의 한 얼굴, 하늘의 빛 한 줄기. 그 외에는 아무것도 아니다. 나머지는 모두 우리가 분노에 휩싸이는 날이나 정리하는 시간에 버리는 것들에 지나지 않는다.

버리는 사람들이 있고, 간직하는 사람들이 있다.

주기적으로 집을, 또는 기억의 구석진 곳과 사랑의 숨겨진 부분을 샅샅이 들추어 비워내는 사람들이 있다. 그들은 정리를 한다. 정리를 한다고 믿지만, 실은 공허를 남긴다. 버리는 그 행위는 일종의 장례식이자 죽음이 올 길에 놓인 돌을 치우듯 부재를 길들이는 방식이다.

그런가 하면 간직하는 사람들이 있다. 그들은 서랍 속에, 한마디 말 속에, 사랑 안에 차곡차곡 쌓아 놓으며, 무엇도 잃어버리지 않는다. 그들은 "혹시 모르잖아"라고 말한다. 실은 이미 알고 있으면서도 모른 척한다. 옛 편지나 녹슨 상자, 오래된 약과 지난 사랑으로 다시 돌아가지 않을 거라는 것을 말이다. 그렇게 그들은 간직한다.

간직하는 사람이든 버리는 사람이든, 모든 것을 대신하는 특별한 대상 앞에서만큼은 같아진다. 자신을 해방하는 사람도, 스스로 짐을 지우는 사람도 마찬가지다.

어떠한 경우에도 절대 버리지 않는 한 가지는 언제나 있다. 그것이 반드시 물건일 필요는 없다. 한 줄기의 빛일 수도, 한 번의 기다림일 수도, 단 하나의 이름일 수도 있다. 벽 위에 남겨진 얼룩 한 점, 창가의 나무 한 그루, 또는 하루 중의 특정한 시간이 될 수도 있다. 아무런 이유도 없고 그럴 필요도 없지만, 우리가 사랑에 빠지는 그런 것들. 그건 스쳐 지나가면서도 머무르는 것에 대한 고요한 충성이자, 깊은 시련 속에 잠기듯이 영혼의 깊숙한 곳에 내려앉아 희미한 빛과 푸른 하늘의 먼지 한 톨을 남기는 부동의 과묵한 사랑이다. 한 권의 책, 짝이 없는 한 개의 찻잔, 한 곡의 음악으로도 일어날 수 있는 일이다. 세상의 — 또는 영혼의 — 어떤 조각으로도 일어날 수 있는 일이다. 그리고 그것이 당신과 함께한다. 어디를 가든지 당신을 따라다닌다.

시간은 흐르고 마음은 지친다. 그래도 '그것' — 그 초목의 잎, 그 빛, 그 이름 — 이 있다. 때때로 당신은 그것을 마땅히 그래야 하듯, 그것이 요구하는 대로 따로 떨어져 고요 속에서 바라본다. 그리고 그것이 낡지 않고 변치 않았음을 보게 된다. 당신이 선택했던 처음 그날처럼 빛나고 있음을. 그리고 마침내 깨닫는다. 그것이 당신을 선택했고, 당신을 비추며, 당신을 그 자리에 머무르도록 붙잡고 있음을.

당신이 소중하게 여기는 것은 무엇인가? 당신은 스스로 묻는다. 나는 무엇을 소중하게 여기는가? 나의 삶이든, 다른 어떤 삶이든, 삶은 무엇에 달려있는가? 삶은 사소한 것들에 달려 있다. 정말 아무것도 아닌 것들. 그렇다면 그것은 어떤 역할을 하는가? 우선 아무것도 하지 않는다. 그것은 삶 속 모든 것들의 덧없는 실리에서 벗어나 자신의 무용(無用)으로 빛난다. 기본적으로 여분의 것들이다. 이 쓸모없는 것들이 아주 많은 것들을 대신한다. 세상을 대신하거나, 영혼을 또는 결코 닿을 수 없는 아름다움을 대신한다. 모든 것을 대신하는 것이다. 당신은 모든 것을 저버릴 수 있지만 그것만은 예외이다. 그 이름, 영원히 사라진 생(生)의 그 봄 하늘만은 저버릴 수 없다.

어떤 연약함이 당신을 붙들고 매번 그곳으로 데려간다. 그 연약함이라는 완만한 비탈길이 당신을, 몸과 영혼을, 마치 안식처로 이끌듯 오직 그 한 가지를 향해 기울게 한다. 그것은 무(無)의 수수께끼이자 유년의 신비로움이다. 유년 시절로부터 당신에게 전해진 습관이며, 아이의 방 어디에서나 존중받는 의식인 무질서이다. 서랍 속에 수없이 쌓인 무의미한 물건들. 천 조각들, 리본의 끝자락들, 천사의 레이스들. 어린 시절이 가치를 부여한 모든 하찮은 것들. 당신이 가치를 부여하는 것들은 당신에게 그 가치를 되돌려 준다. 그것은 오직 당신만의 것이고, 그렇기에 곧 당신 자신이 된다.

부모들은 아이들의 방에 대해 아무것도 모른다. 그들은 방이 정돈되어야 한다고 믿으며, 때때로 소리를 지른다. 그저 그들이 소리를 지르고 정리하도록 놔둬도 상관없다. 선택된 것들은 정리된 방으로 금세 되돌아오는 법이니까. 성스러운 제전의 물건들, 신이 존재한다는 작은 증거들. 아이들의 방에서 볼 수 있는 이 어지러움은 글쓰기의 방에서도 찾아볼 수 있다. 작은 나뭇가지, 돌멩이, 침묵을 자신의 곁에 두려는 이 강박은 파스칼의 〈회상록〉이라고 불리는 이야기에서도 볼 수 있다.

1654년 11월 23일 월요일 밤, 파스칼은 어느 책에도 실리지 않을 몇몇 문장들을 쓴다. 그는 단 한 번의 시선으로 영원히 각인될 무언가를 기록한다. 세상의 모든 밤을 위해, 한 줄기 빛을 그날 밤에 붙잡아 둔다. 신의 이마 위에서 빛나는 별을, 검은 잉크 속에서 떠오른 태양을. 그는 종이 위에 글을 쓴 뒤 자신의 더블릿 안감에 꿰매 넣는다. 잉크로 그려진 섬세한 글자들은 이제 누구에게도, 심지어 글을 쓴 그 자신에게조차도 보이지 않는다. 다만 옷감 위를 손으로 살짝 누르면 양피지의 바스락거림을 들을 수 있을 뿐이다. 여덟 해가 지난다. 8년의 세월이 종이를 훼손하지 않고 그 결 위로 미끄러지듯이 흐른다. 1662년 8월 19일 새벽 1시, 파스칼은 숨을 거둔다. 그는 마치 차갑게 얼어붙은 텅 빈 학교에서 길을 잃은 아이와도 같다. 그는 죽고, 모든 것이 그 없이 다시 태어나는 무수히 많은 날들 속에서 길을 헤맨다. 한 줌의 흙 아래로, 더 깊게는 자신의 이름 아래로 사라졌지만, 그 덕에 그의 사상은 우리에게 친숙한 것이 되었다. 우리는 그의 글을 모아 한 권의 책 속에 담았고, 황금같이 단단한 그의 말을 듣는 법을 배웠다. 하지만 우리에게는 그의 가슴과 세상 사이에 놓인 얇은 종이벽, 1654년 11월에 쓰인 이 한 장의 종이를 읽게 해줄 은총이 부족하다. 아무것도 아닌 이 한 장의 종이, 그것이 그의 힘을 조금씩 앗아갔지만, 동시에 피까지 타오르는 빛으로 된 몸을 그에게 선사했다. 그의 가슴을 믿을 수 없을 만큼 어지러운 어린아이의 방으로 만들었다.

떠도는 생각

La pensée errante

당신은 한 젊은 여자와 사랑에 빠졌다. 사랑으로 인해 당신은 그녀밖에 알지 못하고, 이 막연한 앎이 당신 자신이 누구인지를 밝혀준다. 사랑으로 인해 당신은 그녀를 살아 있는 모든 것들과 천체로부터 떼어내 풍경의 중심에 놓고, 당신의 눈동자 속에 담는다. 당신은 그녀 주위에 익숙한 것들 — 한 줌의 체리, 치마의 주름, 기다림의 하늘 — 을 몇 가지 가져다 둔다. 주위의 것들을 바라보면 바라볼수록 그녀는 더욱 선명해진다. 특히 그녀의 붉은 입술, 그 생생한 붉은빛에 당신은 행복이 꽃피우기도 전에, 사랑이라는 짧은 계절이 시작되기도 전에 파국을 예견한다. 하지만 이 모든 것은 아직 먼 이야기이다.

당신은 물결 한가운데에 있다. 심장은 요동치고, 머리는 얼어붙은 채로, 유일하고 단순한 것 안에 있다. 세상에는 오직 그녀만이 존재하고, 세상은 오직 그녀로 인해 존재한다. 말하고 침묵하는 당신만의 방식 속에 그녀가 있다. 지루함 속에서도 권태 없이 나아가는 당신의 태도 속에 그녀가 있다. 그녀와 멀어지게 하는 모든 일은 몹시 지루하게만 느껴질 뿐이다.

그녀는 신에게 혹은 흘러가는 나날에 부여하는 빛을 지녔다. 모든 아름다움은 그녀에게서 비롯되고, 모든 광채가 그녀로부터 발산된다. 당신은 그녀를 통해서만 본다. 당신에게 있어 본다는 것은 언제나 단 한 사람에게 시선을 바치는 것이다. 꿈속으로 멀리 떠나 당신의 머나먼 고향에서 꽃을 꺾어 와 그 사람에게 바치는 것이다. 세상을 와해시키고 모든 언어 속에서 온갖 이름으로 어루만져지는 단 하나의 육체만을 남기는, 이런 격렬함 없이는 사랑도 없다. 이런 정신 나간 믿음 없이는, 이런 진실한 허물 없이는 사랑이란 없다. 당신은 열정적으로 그녀를 바라보고 또 배운다. 당신은 한 여인에게서만 배운다. 그녀는 당신을 무지의 상태로 몰아넣는데, 바로 이 무지 속에서만 당신은 당신의 낮과 밤에 대해 배울 수 있다. 시간은 흐른다. 그러나 사랑하는 시간은 지속되는 시간이 아니다. 사랑 안에서 흘러간 시간은 시간이 아니다. 그것은 빛이며, 갈대의 빛, 솜털의 고요함, 눈(雪)의 부드러운 살갗이다.

어느 날 질투가 찾아온다. 거장의 그림이 변한다. 색채는 서늘해지고 본질적인 것은 배경으로, 그늘진 구석으로 밀려난다. 보면서도 더는 제대로 보지 못한다. 질투와 함께 불길한 영원이 돌아온다. 당신이 사랑을 선택하지 않았듯 질투 역시 당신의 선택이 아니다. 당신은 자신 안의 이 낯선 땅으로 들어간다. 더는 아무것도 원하지 않고, 아무것도 생각할 수 없는 경계의 영역으로. 당신은 홀로 있지만, 그 고독 속에서 완전히 혼자는 아니다. 떠도는 생각이 당신을 사로잡는다. 스스로가 무엇을 생각하는지도 모르는 생각, 무엇보다도 그 생각이 실현되거나 한낮의 빛 속에 드러나기를 바라지 않는 생각이다. 마치 무언가로부터 달아나려는 듯한 생각 같지만, 그 생각은 자신이 도망치려는 것만을 붙잡고 있다. 도망치며 그것을 찾아 헤맨다. 때때로 연인의 얼굴이 당신의 꿈 끝자락에 나타난다. 이 거대한 생각의 덩어리가 그 얼굴에, 혼란스럽고 놀란 그 얼굴에 부딪혀 환히 드러나는 듯하다. 당신은 아무 말도 하지 않는다. 할 말은 없다. 그저 이 얼굴을, 혼돈을 바라본다. 진실된 거짓을 바라본다. 당신에게 말할 때조차 그녀는 다른 사람에게 말하는 듯하다. 당신을 바라볼 때조차 그녀는 다른 사람을 바라보듯 한다. 늘 그런 식이다.

질투는 어린아이 같은 감정이다. 그것은 단 한 번의 동작으로 몇 가닥 풀을 뽑아내는 것과도 같은 단순한 폭력이다. 그러나 뿌리와 함께 흙의 일부가 딸려 나오고, 하늘의 커다란 한 조각까지 뜯겨 나온다. 질투는 죽음에 대한 어린아이 같은 인식이다. 당신 안에, 육체라는 어두운 대지 속에 깃든 죽음의 유아기이다. 어떻게 사랑을 저주하지 않을 수 있을까? 그 사랑이 유년기에서 비롯된 것이라면, 유년기의 격렬한 꿈들에서 자라나 당신 마음 속에 자리 잡은 것이라면.

사랑은 시련이다. 이 시련은 영적인 것이다. 영적인 것은 지상에서 일어나는 가장 커다란 혼란의 원인이며, 이 혼란은 축복이다. 요컨대 행복보다 훨씬 더 충만한 축복이다. 모든 것이 당신을 도망치게 하려는 그곳에서, 당신은 머문다. 모든 것이 당신을 저주하도록 부추기는 그곳에서, 당신은 피가 빠져나간 듯한 머리로 생각에 잠긴다.

질투는 성(性)과 관련이 있지만, 우리는 성이 무엇인지 알지 못한다. 사랑은 몸으로 나누는 것이 아니라 얼굴로 나눈다. 아니, 사랑은 얼굴이 아니라 그 얼굴 위에 드리운 빛으로, 얼굴도 형체도 없는 사랑의 희미한 빛으로 나누는 것이다. 이 얼굴이 당신에게서 돌아서고, 모든 빛이 빠져나간다. 탄생이 있기 전처럼. 태초의 낮과 밤이 생겨나기 전처럼. 질투는 욕망의 절정에 다다르고, 마침내 육체를 통해 신에게 닿는다.

당신은 천사들의 사랑을 받는 그녀를 바라본다. 그녀는 자신의 마음이 이끄는 곳으로 가고, 살고 싶은 대로 살아가는 그런 사람이다. 그것이 바로 그녀의 고귀함이다. 그녀는 그렇게 자신의 삶을 살아간다. 설명할 수도 없고, 설명하려고 상상하지도 않는다. 도대체 누구에게 설명한단 말인가? 그녀는 이유도, 분명한 희망도 없는 삶이라는 수수께끼 속을 걸어간다. 그것이 무엇인지 알고 싶어서, 당신은 그녀에게 다가갔다. 잡을 수 없는 것을 붙잡기 위해서 말이다.

여자보다 신(神)에 가까운 존재는 없다. 모든 여자들 사이에서 당신이 선택한 이 한 명의 여인보다 부재하는 신에 가까운 존재는 없다. 당신은 신에 대해 아무것도 말할 수 없다. 여자들에 대해서도 마찬가지다. 당신은 오직 한 여인에 대해서만 말할 수 있을 뿐이다. 그녀가 당신을 떠나는 그 순간, 질투라는 사랑의 기한 없는 끝자락에서. 소멸하는 것으로부터만 깨달음을 얻을 수 있다. 빛은 어둠 속에서만 존재한다. 질투 속에서 당신은 자신에 대한 가장 커다란 깨달음에 이른다. 찢긴 상처에 대한 고통스러운 이해, 마법 같은 환상과 불가피한 실패로서의 사랑에 대한 앎에 이른다. 질투 속에서, 마침내 당신은 깨닫는다. 모든 것은 폐허가 되고 빛은 언젠가 영원히 당신에게 가닿지 못하며, 단 한 번뿐인 사랑, 그 결정적인 날은 불가능해질 테지만, 그 모든 것이 아니라면 한 여인으로부터 기대할 것은 아무것도 없음을. 당신은 이 젊은 여인을 잊기까지 오랜 시간이 걸린다. 수년에 걸쳐 새로운 얼굴 속에서 그녀를 지워나간다. 다른 방법은 없다는 것을 알고 있다. 그럼에도 이 끝이 결코 오지 않으리라 생각한다. 마지막 날까지 그렇게 생각한다. 세상의 끝까지, 다음 사랑이 찾아올 때까지. 그 기다림 속에서 당신은 글을 쓴다. 순수한 사랑의 이야기를, 순수한 사랑의 애도사를 써 내려간다. 그것 외에는 쓸 것이 없다. 그렇지 않은가. 인생에서 노래할 것은 삶 속에서 사라진 사랑뿐이니까. 그 사랑을 붙잡기 위해 글을 쓰는 것이 아니다. 당신은 죽어가는 꽃의 향기를 모으듯 글을 쓴다. 치유할 수 없음을 알면서도, 꽃잎 위의 갈색 반점 — 곧 사라질 젖니에 깨물린 흔적 같은 그 자국 — 을 지울 수 없음을 알면서도 말이다. 기다림 외에 당신에게 요구되는 것은 아무것도 없다. 장소들, 시간들, 얼굴들, 이 모든 것을 되돌려 놓으면서 동시에 변화시킬 첫 문장이 당신의 눈앞에서 쓰이기를 기다리는 것 말고는. 잉크의 둥지로, '황량한 여인'이라는 제목의 가지 위로 종달새가 돌아오기를 기다릴 뿐이다.

황량한 여인

로댕 미술관 정원의 연못가에 한 쌍의 연인이 벤치에 앉아 있다. 이른 아침의 영원의 빛이 그들을 비춘다. 말없는 대화 속의 서늘함은 이미 3년이나 계속되고 있다. 주름진 드레스를 입은 여자의 무릎 위에는 백화점 쇼핑백이 놓여 있다. 남자는 날이 밝고 나서 줄곧 자신에게는 너무 벅차서 어떻게 전해야 할지 모르는 소식을 품고 있다. 그 소식은 그의 고독과 뒤섞인다. 생기를 되찾은 강렬한 이 고독은 새로운 사랑과 뒤섞인다. 옆에 앉은 갈색 머리의 여인이 아닌 금발의 여인, 저물어 가는 여름 분위기를 풍기는 여인이 아닌 봄날의 벚나무처럼 생동감 넘치는 다른 존재의 매력이 그의 시선을, 그리고 그의 생각을 굴복시켰다.

그녀에게 어떻게 전해야 할까. 다른 입술에 의해 거의 닳지 않은 이름을 지닌 별 하나가 나타났다고. 그 이름이 그녀의 이름보다 더 크게, 더 빛나는 미래를 약속한 듯이 울린다고.

남자는 자갈길로 몸을 기울여 작은 돌멩이들을 줍고서 연못 속에 던진다. 그는 자신의 내면으로 몸을 기울여 한 줌의 단어를 줍고서 그녀의 고요한 눈동자라는 연못 속에 던진다. 그녀는 연못 너머, 정원의 황량한 공터를 유심히 바라보다가 미동도 하지 않은 채 몇 가지를 물어본다.

"평생 다시는?"

"평생 다시는."

"내일부터?"

"내일부터."

정적. 빛의 붕괴와 함께 온 정적. '우리'는 그저 잠시 존재할 뿐이다. 눈에 고인 이 눈물, 그녀가 뺨에 쓰고서 지우는 이 이름이야말로 기적이다. 한때 흐르던 눈물 한 방울이 뺨 위에 만들어 낸 짜디짠 길. '우리'는 이렇게 잠시 머물다 사라질 뿐이다. '우리'가 '나'라고 말할 때, '우리'는 여전히 아무것도 말하지 못한다. 그것은 한낱 소음이자 다가올 무언가에 대한 희망에 지나지 않는다. '우리'는 우리 바깥에서만, 멀리서 온 메아리 속에서만 존재한다. 그러나 그 메아리는 사라지고, 두 번 다시 돌아오지 않는다.

남자는 어느새 일어나 다른 길로 향한다. 여자는 움직이지 않는다. 저녁이 습관처럼 찾아오고, 밤은 세상의 모든 밤들 속에서 길을 잃는다. 새로운 하루가 시작된다.

그날이 정말 새롭다는 것을 깨닫기 위해서는, 깨어난 후 오래도록 그것을 생각해야만 한다. 로댕의 새로운 조각상이 공원에 생겼다. 주름진 드레스를 입고 벤치에 앉아 있는 한 여인의 모습이다.

목소리, 눈(雪)

La voix, la neige

당신은 눈(雪) 속을 거닐고 있다. 올해의 첫눈이다. 첫눈은 언제나 당신 생애 처음 맞는 눈처럼 느껴진다. 영혼처럼 가볍고 유년 시절처럼 맑은 눈. 어린아이의 순수한 마음처럼 새하얀 눈이 생각을 덮어주고 마음을 밝힌다. 눈은 쓰이지 않은 백지와 같은 당신의 삶, 당신이 살아보지 않은 유일한 삶이다. 산책을 마친 후, 노래하는 사람들이 모여 있는 언덕 위의 나무집으로 향한다. 그곳에 들어서자마자 당신은 노래의 첫 번째 미덕 — 목소리를 빛과 눈이라는 자신의 운명으로 되돌려 주는 — 을 깨닫는다.

당신은 한 젊은 여인이 슈베르트의 가곡을 부르는 것을 듣는다. 언제나 그렇듯, 경이로운 곡이다. 독일어로 된 가사여서, 당신은 목소리 아래 놓인 단어의 의미가 무엇인지를 묻는다. 버림받은 사랑, 고통 속에서 잊힌 연인에 관한 이야기이다. 입술 끝에서 인사가 흘러나오자마자 그 순간 속에서 이미 잊혀버린 연인. 노래하는 목소리는 여전히 연인을 부르지만, 그 부름 속에서 스스로 충만해진다. 아니, 차라리 더는 부르지 않는다고 말해야 하리라. 목소리는 스스로에게 휴식을 선사하고 있는 것이기에. 목소리는 내쉬는 숨결 속에서 자신의 최후를 받아들이듯이 사랑의 종말을 받아들인다. 모든 것을 — 모든 고통, 모든 밤, 모든 죽음을 — 드넓고 광활한 공간에 맡긴다. 당신은 나무로 벽을 세운 방에서 노래를 듣고, 별들로 벽을 세운 우주 속에서 목소리를 듣는다. 사랑이란 단순한 것을 사랑하는 것이다. 단순한 것은 신비롭다. 복잡한 것은 결코 신비롭지도, 중요하지도 않다. 목소리만큼 단순한 것은 없다. 목소리만큼 신비로운 것은 없다.

당신은 치유하는 가사를 듣는다. 그 가사는 붙잡힌 영혼을, 어두운 기원을 치유한다. 고통을 빛으로 변화시킨다. 유년기의 노랫말이자 단순한 노래다. 음악에 관해서라면 당신은 아는 게 없다. 까막눈이나 다름없지만, 그럼에도 음악을 잘 이해한다. 당신은 언제나 삶이라는 방에 별처럼 빛나는 한 목소리를 필요로 했다. 노래한다는 것은 상승 속에서 떨리고 하강 속에서 빛나는 숨결의 정확성과 침묵의 본질에 자신의 목소리를 맡기는 것이다. 노래 안에서 목소리는 어둠에서 빛으로, 육신에서 영혼으로 향한다. 정신은 신체의 일부이며, 육신의 가장 섬세한 조각이다. '와인은 섬세하고 부재는 길다'고 하는 것처럼 당연하게 여겨지는 것이다. 영혼은 붉은 피로 이루어진 속이 텅 빈 꽃이어서, 노래의 소나기 아래에서 전율하다가 말갛게 개인 목소리에서 피어난다. 정신은 몸의 공동(空洞), 숨결의 줄기, 육신의 뿌리에서 깨어난다. 그러고는 목구멍으로 올라와 맑은 공기 속에서 불꽃처럼 타오른다. 노래 속에서 목소리는 스스로를 떠난다. 노래란 언제나 부재를 노래하는 것이다. 노래하는 시간은 인생에서 맞이하는 두 계절, 과잉과 결핍의 투명한 혼란이다. 충만과 상실의 시간이다.

당신은 이 젊은 여인이 고독한 사랑을 노래하는 것을 듣는다. "내 사랑. 푸른 눈(雪)의 왕자, 이토록 파리한 하늘과 이토록 부드러운 품속의 왕이시여. 저 멀리 전쟁이 그대를 부르네. 전쟁이, 세상이, 아니면 또 다른 사랑이. 내 사랑, 사랑은 불가능한 것이에요. 그 불가능한 사랑이 내게 상처를 남겨요. 하지만 그 상처 속에서 사랑은 자신을 온전히 드러내고 삶의 빛 속에서 노래할 모든 것을 줍니다." 당신은 노래하는 여인을 바라본다. 창밖으로 비치는 새하얀 빛을 바라본다. 땅 위에 내려앉은 눈의 결정을, 육신 위로 흩날리는 목소리의 눈송이를 응시하며 이 모든 것을 섞어버린다. 모든 종류의 빛을 한데 섞는 것, 그것이 명확히 보기 위한 당신만의 방식이다. 눈이 내리고 목소리가 들린다. 눈은 어린 시절의 찬란하고 드넓은 하늘에서 내리고, 목소리는 숨결의 나무들 위에서 꽃처럼 피어난다. 노래 속에서 목소리는 날아올라 잠시 동안 신의 곁에서 잠든 뒤, 곧바로 다시 내려온다. 온통 하얗고 부드러운 모습으로. 목소리의 파동 아래 퍼지는 눈(雪)의 흐름. 눈의 숨결 위에 올려진 목소리의 물결.

삶을 대하는 우리의 태도는 어린 시절에 형성된다. 우리는 빛의 노래를 듣는다. 갓난아이가 자신의 가슴 속에서 흐르는 샘물 소리를 듣는 것처럼.

사랑을 대하는 우리의 태도 역시 지울 수 없는 어린 시절에 뿌리를 두고 있다. 우리는 영원한 사랑을 기다린다. 한 아이가 오지 않는, 그러나 올지도 모를 눈을 기다리듯이.

더러운 말

La parole sale

비록 바라보지 않더라도 풍경은 그곳, 창 너머에 있다. 창가를 측면에 두고 서로를 마주하고 있기에 풍경을 직접 볼 순 없지만, 말하는 이의 얼굴을 통해 알 수 있다. 태연한 하늘, 흔들리는 풀잎과 빛의 흐름, 이 모든 것이 그녀의 눈동자에 비친다. 그녀의 얼굴은 다른 모든 얼굴과 마찬가지로 하느님의 육신 한 조각, 부드러운 대지의 너른 일면이다.

그녀가 자신의 삶에 대해 이야기한다. 당신은 몇 시간이고 그 이야기를 들을 수 있다. 오직 성스러운 말, 시간의 겹에서 끌어낸 말만을 들을 것이다. 들리는 것은 오직 의지할 곳 없는 고독한 말뿐이다. 세상을 위해 쓰이는 다른 말은 들리지 않는다. 그것은 비인간적이고 병든 말이다. 너무나도 완벽한 상태로 인해, 언제나 부족함 없이 모든 일을 원활히 흘러가게 만들며 어떠한 일도 일어나지 않도록 하는 능력으로 인해 병들어 있는 말이다. 또한 더럽혀진 말이다. 거짓말과 지루함을 지나치게 닦아내어 더러워지고, 언제 어디서든 항상 가족과 타인을 섬기느라 더러워지고, 온 세상을 질질 끌려다니면서 더러워진 말이다. 어쩌면 글을 쓰는 것은 오직 이 더러워진 말을 정화하기 위해서일지도 모른다. 그렇다. 글을 쓰는 이유는 더럽혀진 말을 깨끗이 하기 위해, 잉크와 침묵으로 씻어내기 위해서일지도 모른다.

당신은 이 젊은 여인이 하는 말을 듣는다. 진정으로 그녀의 이야기에 귀를 기울인다. 그녀와 당신 사이에는 결코 아무 일도 일어나지 않으리라는 것을 안다. 부지불식간에 그것을 안다. 어떤 의미에서는 마음이 놓이는 일이다. 욕망이란 무엇인지 알게 되는 순간들이 있다. 가지고 누리고 정복하려는, 기진맥진하게 만드는 의지 말이다. 그런가 하면, 더는 아무것도 욕망하지 않게 되는 순간들이 있다. 그저 하루의 부드러움과 빛의 섬세함, 그리고 부엌에 앉아 한 얼굴에 광활하게 펼쳐진 대지, 맑은 얼굴의 깊은 대지를 마주하는 것으로 만족한다.

그녀가 잊을 수 없는 한 가지를 이야기한다. 오래전, 공장이라는 감옥에서 행했던 노동에 대해서. 그녀는 열여섯 살에 아버지에 의해 홀연 일을 시작하게 된다. 전날, 그녀는 교과서를 덮는다. 책장 사이에 자신의 영혼을 남겨두고, 둔탁한 소리와 함께 모든 책을 덮는다. 아직 푸른 생기를 간직한 한 송이 꽃. 안타깝지만 어쩔 수 없는 일이다. 그 꽃은 거기서 단숨에 시들 것이다. 단 하룻밤 만에.

아침이 되자 그녀는 공장으로 들어간다. 거기에는 생생한 증오가 있다. 노동에 필요한 필연적인 증오가 있다. 일을 시작한 지 얼마 되지 않아 그녀는 이 증오를 부지불식중에 알게 된다. 원단 절단기 앞에서 그녀는 눈물을 흘린다. 집에서도, 꿈속에서도 운다. 어디에서나 운다고 생각하지만, 눈물의 진짜 이름은 알지 못한다. 깊고도 정당한 살인의 욕구, '분노'라는 이름을.

아버지에 대해서라면 할 말이 없다. 그녀는 그에 대해 이야기할 게 없다. 야망이 좌절된 그는 자신의 실패의 무게로 자녀들을 짓누르는 것을 멈추지 않았다. 그가 승리를 맛볼 수 있었던 유일한 방식은 자신의 쓰라린 나날의 쓴맛을 주변에 퍼뜨리고, 자신의 삶이라는 시체를 가족에게 짊어지게 하는 것이었다. 세상에는 그런 부모들이 있다. 그런 부모들을 사랑할 의무는 없다. 그들에 대해 무엇인가를 말해줄 의무도 없다.

행복한 만남과 결혼 덕분에, 공장의 비애는 2년 만에 끝이 난다. 그 뒤로는 치유된 나날 속에서 없어서는 안 되는 동반자가 주는 행복이 이어진다. 더 이상 일할 필요가 없는, 그야말로 꿈만 같은 일이다.

그녀는 다른 이야기들을 이어간다. 모든 것에 대해 할 말이 너무나도 많다. 풍경이 그녀의 얼굴 위로 천천히 흐르고, 방 안의 그림자가 점점 길게 드리운다. 하지만 불은 켜지 않는다. 서로를 볼 수 있을 만큼 충분한 말들이 있기에.

아이들이 오고 간다. 잠시 부엌에 들어와서는 빵 한 조각을 뜯고, 냉장고를 뒤적이다가, 다시 진지하게 놀이에 임하러 거리로 뛰어나간다. 문을 닫는 것을 잊거나 너무 세게 닫기도 한다. 젊은 여인은 이제 그 아이들에 대해 이야기한다. 느긋한 목소리를 따라가다 보면 그녀가 마음속으로 가장 애정하는 아이가 누구인지 잘 알 수 있다. 언제나 그런 아이는 있기 마련이다. 어머니들이 뭐라고 말하든, 자신들에게 주어진 의무, 어머니라는 의무 — 희망을 키우고 참새와 천사 모두에게 먹이를 공평하게 줘야 한다는 — 속에서 스스로에 대해 어떻게 생각하고 말하든 간에, 언제나 더 사랑받는 아이는 있다. 그저 그 아이의 이름을 내뱉는 것만으로도 입술엔 활짝 꽃이 핀다. 때때로 그건 가장 늦게 찾아온 아이일 수 있다. 노년과 피로의 한가운데 이르러 어느 화창한 날 숲속 빈터에서 찾아낸 아이라거나, 어린 시절 첫 번째 맞이한 봄의

만발했던 벚꽃들처럼 잊을 수 없는 첫째 아이일 수도, 가장 무뚝뚝한 아이 혹은 가장 다정한 아이일 수도 있다. 어떤 아이든 될 수 있다. 모성애는 모든 사랑과 닮아서 불공평하고 은밀하니까.

시간이 흐르고, 고갈되지 않는 말은 단 두 가지뿐이다. 하루보다, 삶보다, 우리가 살아가는 유한한 시간보다 훨씬 더 길게 이어지는 말, 아이와 부재하는 신에 대한 이야기이다. 사랑에 대한 이야기도 역시 한없겠으나, 그것은 이미 신의 애수(哀愁)와 아이의 웃음 속에 담겨 있다. 젊은 여인은 천천히 이야기하다가, 가끔은 침묵하며 단어들이 그녀를 찾아올 때까지 기다린다. 이 여인과 당신 사이에는 결코 아무 일도 일어나지 않을 것이다. 오직 저물어 가는 하루 속의 이 평온한 대화만이 있을 뿐이다. 때때로 사람들 사이에서 존재하는, 결코 의식에도 이르지 못하고 세상 어디에도 도달하지 않는 그 무엇만이 당신과 그녀 사이에 있을 것이다. 어디에도 속하지 않는 사랑, 사랑이라고 할 수 없는 사랑만이. 당신은 그것을 어떻게 이름 붙여야 할지 모른다. 굳이 말하자면, 우정이랄까. 그게 가장 근접한 단어들 중 하나다. 또는 가을의 시작, 하늘의 미약한 빛, 보이지 않는 풍경이라고 말할 수 있을지도.

어느새 밤이다. 한 아이가 왜 바보처럼 불도 켜지 않은 채 있느냐며 놀라 말하고, 당신은 그제야 밤이 왔음을 깨닫는다. 대화는 조용히 막을 내린다. 풍경은 흐트러지고 창밖에는 이제 아무것도 보이지 않는다. 땅도, 하늘 — 역시 흙으로 만들어졌지만, 스스로에 대한 근심이 적어 더 밝은 흙으로부터 비롯된 — 도 더는 보이지 않는다.

당신은 담배에 불을 붙인다. 늦장 부리는 즐거움을 누리기 위해 술도 한 잔 마신다. 그러고는 말하지 않은 한 가지에 대해 깊이 생각한다. 삶에서 시간이 얼마나 적은지, 일 년은 한 번 짓는 미소처럼 순식간에 지나가고, 십 년은 그림자처럼 스쳐 지나간다는 것을. 그리고 그렇게 짧은 시간 동안 당신에게 남겨지는 것은 단 하나의 행운, 단 하나의 축복뿐임을 생각한다. 가벼운 미소 속에서, 떠도는 말 속에서 죽음을 앞지르는 것. 오후의 빛으로 하얗게 바랜 이 목소리, 감정으로 묽어져 창백한 이 목소리, 적막의 산(酸)에 노출되어 발가벗겨진 이 맨 목소리, 저녁 어스름 속에서 오랫동안 불타오르다 서서히 꺼져가는 이 가벼운 목소리로 이야기하며 말이다.

마침내 당신은 자리에서 일어난다. 헤어질 시간이 온 것이다. 밖은 이미 밤이다. 어둠 속에서 몇 걸음을 옮긴다. 따스한 밤공기 속에서, 금방이라도 몰아칠 폭풍우와 같은, 다가오는 사랑과도 같은 무언가가 느껴진다.

사유서

La billet d'excuse

당신에게 유년의 기억은 남아있지 않다. 어린 시절부터 당신이 간직하고 있는 것은 단 하나의 병(病)뿐이다. 이름 없는 그 병은 가을로 접어드는 하늘에서 불현듯 내려온다. 당신에게 익숙한 모든 것들이 그러하듯 어디서 오는지도 모르게 다가온다. 이 질병과 함께 어린 시절의 납빛 하늘이, 의미의 부재와 모든 것의 결핍이 돌아온다. 일어나는 일은 매번 똑같지만, 그것을 안다 해도 아무런 소용이 없다. 한 줄기 빛이 선명한 하늘로부터 떨어져 당신의 가슴으로 내려와 심장을 온전히 감싼다. 그 빛이 당신의 영락(零落)을 일러주고 당신 자신의 무의미함을 깨닫게 한다.

모든 것이 거기에 있다. 침묵이 있고, 공간과 시간이 있다. 삶이 부재할 때에도 삶의 즐거움을 이루는 모든 것을 당신은 가지고 있다. 모든 것이 있지만, 당신 자신만은 제외다. 당신은 이것을 '의욕 상실'이라 부른다. 여느 이름과 다름없는, 고육지책으로 지어진 이름. 당신이 생각할 수 있는 다른 모든 이름들과 마찬가지로, 더는 무엇도 말해주지 않는 이름이다.

시간은 이제 당신 없이 흘러간다. 다시 말해 더 이상 흐르지 않는다는 뜻이기도 하다. 그저 쌓여갈 뿐이다. 마치 낮게 드리운 하늘에서 내리는 회색빛 눈송이처럼. 피(血)라는 작은 바늘의 분침과 의식이라는 큰 바늘의 시침이 서로 겹치며 자정이 온다. 당신은 이야기의 끝자락에, 마지막 삽화 속에 있다. 이미 늦었다. 마차와 화려한 의상도 곧 사라질 것이고, 마법은 풀려버릴 것이다. 그러나 아무 일도 일어나지 않았다. 당신이 늦은 것은 당신 자신에게서다. 당신은 아직 태어나지 않았으며, 그 누구도 아니다. 당신은 아무것도 하지 않는다. 더는 아무것도 아니기에 아무것도 할 수 없다.

당신은 신문을, 소설을 읽는다. 그게 무엇이 됐든 그저 읽는다. 읽는다는 행위에는 감옥 같은 용도가 있다. 모든 감정이 그렇듯이 모든 것에는 저급한 사용법이 있다. 이런 방식은 모든 것을 걸쭉한 피로, 어두운 잠으로 바꿔놓는다. 어쩌면 그렇게, 한 시간에서 다음 시간으로 넘어갈 수는 있을 것이다. 당신은 아무에게도 연락하지 않으려 주의를 기울인다. 어느 누구든 당신을 위해 해줄 수 있는 건 아무것도 없을 테고, 아무 일도 당신에게 일어나지 않을 테니까. 이런 최후의 시간에는 다른 계절보다 더 적절한 계절이 있기 마련이다. 이를테면, 하늘이 온 빛으로 당신의 생각을 무겁게 짓누르는 여름이랄까. 가을이라고 할 수 있을지도. 아니, 모든 계절이라고 하자. 각각의 계절이 저마다의 지옥으로 이처럼 당신을 데려갈 수 있을 테니 말이다.

어린 시절부터 당신은 매일 끝없이 일어나는 이 안타까운 일에 대해 많은 것을 배웠다. 그리고 그로부터 말로 표현할 수 없는 자신만의 행복의 공식을 찾아냈다. 이 공식은 한 단어에 담겨 있다. 숨결 위에, 입술 끝에 걸려 있는 한 단어, '무(無)'.

무가 당신을 매혹한다. 무가 당신을 매혹할 수 있다면, 그것은 또한 무가 당신을 끝장낼 수 있기 때문이다. 같은 빛이라 해도, 시간과 몽상의 방향에 따라 당신을 일으켜 세우거나 무너뜨릴 수 있다. 어느 경우든지 간에 빛은 아무런 차이도 없다.

당신의 이름 아래에는 공백이 있고, 하늘에는 구멍이 나 있다. 우리는 그것에 대해 더는 생각하지 않기 위해 일이라는 것을 발명했다. 우리는 그 중심, 심장의 한

가운데 있는 텅 빈 자리에서 헛되이 멀어지기 위해 회전목마와도 같은 일을 만들어 냈다. 세상 속에 있다는 것은 경기장 안에 있는 것과 같고, 경기 중에는 몇 년 전 어느 신문에 실린 이야기와 같은 일도 일어난다. 신문의 맨 마지막 장, 단 네 줄의 잡보 기사에 실린 놀라운 이야기는 이렇다. 이제 막 시작된 축구 경기에서 한 심판이 경기의 종료를 알리는 휘슬을 불었다. 어떤 반칙도 없었고, 모든 것이 늘 그렇듯 정상적으로 끝을 향해 가고 있었음에도 말이다. 심판은 몇 분 만에 선수들을 라커 룸으로 돌려보냈다. 그리고 자취를 감추기 전, 마치 학교에서 쓰는 사유서처럼 자신의 고용주들에게 보내는 메모에 서명을 했다. 그 메모에는 어떤 말의 부재보다도 더 모호한 한 문장이 적혀 있었다. '느닷없이 찾아온 권태로움.' 당신은 이 유혹을 안다. 종종 경기에서 벗어나 드넓은 하늘 속 환한 빛을 보러 가고 싶은 이 욕망을 알고 있다. 일이나 사랑과 같은 당장의 이득에 반하는 선택을 하고 싶어지는 이 욕망. 어쩌면 더 큰 이득을 위해서일 수도 있고, 아니면 아무 이유가 없을 수도 있다. 누가 알겠는가. 당신은 이 문제에 대해서 스스로를 믿는다. 시간이 지나면서 당신은 스스로에게 시간을 허락하는 법을 배웠다. 당신은 계속 나아가기 위해 단절하는 법을 배웠다. 자신만의 방식으로, 스스로 고안해 낸 고유한 방법으로 나아가기 위해서. 시간이 지나면서 당신이 배운 것은 결국 단 하나일 것이다. 삶의 의욕을 잃는 병과 맞서 싸우지 않는 법을. 그것을 되돌아오게 두라, 함께 돌아오는 어린 시절도. 덮쳐오는 잿빛 나날들과 넘을 수 없는 영원함도 받아들여라. 무언가로 하루를 채우려는 상상이나, 일, 말, 소음 혹은 그 어떤 것으로라도 하루를 채우려는 조급함에 굴복하지 말라. 이 이름 없는 병이 시간의 본질에 가닿는다. 당신은 저항하지 않음으로써 그것을 치유하는 방법을 고안했다. 이 역설적인 처방은 바로 '잃어버린 시간에 대한 사랑'이다. 잃어버린 시간은 마치 식탁 위에 남겨져 딱딱해진 빵과 같다. 그 빵을 참새들에게 줄 수도 있고, 그냥 버릴 수도 있다. 아니면 어린 시절 먹던 '프렌치토스트(le pain perdu)' — 빵을 우유에 담가 부드럽게 적시고 달걀노른자와 설탕을 묻힌 후 팬에서 구운 빵 — 를 만들어 먹을 수도 있다. 먹을 수 있다면 그 빵은 잃어버린 것이 아니다. 잃어버린 시간(le temps perdu)이란 것도 마찬가지다.* 그 시간 속에서 우리는 마침내 시간의 끝에 닿아, 매 순간마다 매 한 입마다 자신의 죽음을 맛본다. 잃어버린 시간은 풍요롭고 우리를 살찌우는 시간이다. 어떤 방식으로든 그것을 배울 수 있다. 그저 당신

* perdu는 '잃어버린'이라는 뜻을 가지고 있다. 프렌치 토스트를 뜻하는 단어 Le pain perdu를 문자 그대로 번역하면 '잃어버린 빵'이 되는데 이를 잃어버린 시간 le temps perdu 과 연결시켜 의미를 만들어 냈다.

을 평온히 내버려두거나 혹은 당신의 모든 힘을 빼앗는 것으로 충분하다. 둘 다 마찬가지다. 휴식에서 비롯된 정지 상태가 있고, 피로에서 비롯된 정지 상태도 있다. 하지만 그 역시 하나의 휴식이다.

시간은 일 속에서, 휴가 속에서, 어떤 이야기 속에서 소모된다. 시간은 우리가 할 수 있는 모든 활동 속에서 소모된다. 그러나 어쩌면 글쓰기는 다를지도 모른다. 글쓰기는 시간을 잃는 것과 매우 가까운 일이지만, 또한 시간을 온전히 들이는 일이다. 글을 쓴다는 것은 남아서 눅눅해진 시간을 조리하는 것이다. 그러면 매 순간은 감미로워지고 모든 문장은 축제의 밤이 된다. 글을 쓰는 동안 영혼은 길 위에 흩어진다. 길을 잃어 헤매기도, 길에서 벗어나기도 한다. 그러다 단 하나의 단어가, 단 한 차례의 숨결이 흩어진 영혼을 다시 모은다. 왕의 만찬처럼 풍요로운 말, 맛의 정수를 담은 사랑의 글자.

사랑의 글자들이 어떻게 오는지 당신은 모른다. 하늘의 갈라진 틈으로부터, 빛의 균열과 천사들의 변덕으로부터 오는 것인지도 모른다. 일상의 삶에서는 언제든지 거짓을 말할 수 있기에 우리는 늘 말할 수 있다. 하지만 영원한 삶 — 단지 한순간 반짝이는 눈빛으로만 일상의 삶과 구별되는 — 에서는 자신의 마음을 거슬러 거짓을 말할 수 없다. 그래서 우리는 침묵하며 순수한 사랑의 글자를 적는다. 그것은 꿈의 영역을 떠도는 도깨비불과도 같고, 어린 시절의 검은 눈동자 속으로 내리는 눈(雪)과도 같다.

때때로 우리는 멈춰 서서 고개를 들어 텅 빈 하늘을 바라본다. 그 빛은 너무나도 부드러워 멀리서부터 우리를 이끌고 사로잡는다.

작가

L'écrivain

그는 기차를 타고 온다. 몇 편의 글을 담은 책가방을 들고서. 낭독은 소극장에서 예정되었다. 그러나 그는 무대에 오르지 않고 좌석의 첫 번째 열에 선다. 그와 가까운 곳에 앉은 당신은 단어로 누그러진 무기력한 몸과 꺼칠한 얼굴을 바라본다. 낭독 중 어떤 순간에는, 당신의 눈에 그는 더 이상 보이지 않고 빛나는 말만이 보인다. 다른 때에는 그 반대다. 고요한 존재가 모든 단어를 덮어버린다. 살과 숨결, 피로가 그대로 드러나는 존재. 그림자의 무게. 그는 집에 머물 때처럼 소박한 옷차림을 하고 있다. 마치 더는 아무도 아이에게 자신을 단정히 하고 이름을 빛내야 한다고 말해주는 사람이 없는 것처럼. "음, 아무리 그래도 그렇게 나갈 건 아니지?" 그는 바로 그런 모습으로 어린 시절에서 오늘 밤까지 온 것이다. 옷차림은 소홀하지만, 시선은 흐트러지지 않고 분명하다.

그가 글로 쓰는 것들은 연약한 것들이라, 그는 자신의 목소리가 가진 빛 속에 그것들을 조심스럽게 싣는다. 때때로 낭독을 멈추고 주위를 둘러본다. 스무 명 남짓한 사람들이 모여 있다. 그는 바로 그곳에, 몇몇 안 되는 사람들과 피곤함에서 오는 생각, 지친 마음 곁에 있다. 그 자체로는 한 번도 언급되지 않은, 모든 말의 고독과 모든 아름다움의 덧없음이라는 본질에 매우 가까이 있다. 때로는 아름다움이 목소리를 환하게 밝힌다. 삶의 하루하루가 선사하는 소소한 아름다움, 그것이 피를 맑게 한다. 단어들은 아름다움에 의해 섬광처럼 터지고서는 아무도 살지 않는 차가운 대지 위에 떨어지는 유성처럼 세상 속으로 곧장 추락한다. 그러고 나면 모든 것을 다시 시작해야 한다. 모든 것을 되풀이해야 한다.

그는 부드럽게 말한다. 숙고하는 사람들에게서 느껴지는 정중함과 학습되지 않은 자신들만의 고독한 생각에 따라 일생을 뜻대로 살아온 사람들에게서 느껴지는 거친 부드러움을 가지고서. 그의 목소리 속에는 격렬함이 잠들어 있다. 그 격렬함이 단어들 아래에서 미동한다. 마치 곁에서 조용히 기다리게 한 아이처럼, 격렬함이 그의 곁에 있다.

그는 쉰 살이다. 한 사람이 자신의 삶을 정리하며 무엇을 가지고 있는지 점검하는 나이다. '삶에서 성공한다'는 것이 무엇일까. 세상에서 얻은 것은 삶 속에서 잃게 되는 법이다. 하지만 그는 아무것도 가진 것이 없다. 어린 시절부터 이득도 손실도 없이 놀이를 계속해 왔을 뿐이다. 그는 페이지 위에 침묵의 조각들을 쌓아 올린다. 빛의 성채를 세우고, 푸른 잉크의 도마뱀들을 응시한다. 삶을 성공적으로 산다는 것은 결국 이런 것이 아닐까? 지금 이 순간 당신을 매혹하는 것보다 절대 더 앞서가지 않겠다는 어린 시절의 고집스러움과 단순한 충실함. 길을 잃어야만 비로소 따라갈 수 있는 그런 길을 걷는 것이다. 삶에는 배움이라는 것이 없다. 죽음을 경험할 수 없듯 삶은 배울 수 없는 것이다. 자기 자신과의 단절이야말로 곧 자신에게 이르는 가장 빠른 길이다. 세상과 나이 듦의 모든 것과의 단절 또한 마찬가지다.

학교에서 우리는 이 자리 혹은 저 자리에 앉는 법을 배운다. 그러고는 어린 시절 부여받은 자리, 그때 결정된 사회적 서열에 평생 순종하는 법을 배운다. 그러나 작가는 어떠한 자리도 얻지 못하는 사람이다. 마지막 자리조차도. 텅 빈 의자들 사이에 그냥 이렇게 서서 차가운 목소리로 뜨거운 무언가를 부르는 사람이다.

낭독이 끝나면, 그가 사막에서 소리 내어 읽고 허공 속에서 미소를 짓고 나면, 당신은 아무 말 없이 그를 떠난다. 그에게 전하고 싶었지만 끝내 찾지 못한 몇 마디 말을 가지고 돌아간다. 그날 저녁 당신을 감동시킨 무언가는 오랫동안 닿을 수 없는 곳에 머문다. 찾으려 할수록 더욱 찾을 수 없게 된다. 그것에 닿기 위해서는 망각이 필요하다. 그것을 보기 위해서는 캄캄한 밤이 필요하다. 몇 달이 지난 뒤에야 비로소 당신은 그날 저녁의 진실을 깨닫는다. 말로 전하는 진실과 침묵으로 전하는 진실을.

한 양로원의 지하실에서 당신은 진실을 마주한다. 위층에는 주방이 있어서 수도관들이 천장을 뚫고 지나가고, 작은 창으로 흐린 날빛이 스며드는 곳이다. 진실은 받침대 위에 놓인, 아직 닫히지 않은 관 속에 있다. 죽은 자의 얼굴, 뒤집힌 장갑처럼 안팎이 없는 얼굴을 하고서. 죽은 사람은 아무도 아니며 동시에 모든 이와도 같다. 모든 것이 자신의 완성을 향해 가듯, 죽음의 얼굴을 향해 간다. 두려움, 기다림, 분노, 사랑에 대한 희망 그리고 금전적인 걱정까지, 모든 것이 최후의 한 마디로 향하듯 이 얼굴을 향해 간다. 죽은 자는 아무 말도 하지 않음으로써 단번에 모든 것을 말한다. 더 이상 말하지 않음으로써 진실을 말한다. 그러나 사람들은 그 위에 더 깊은 침묵을 덧씌운다. 아무것도 듣지 않으려고 하는 것이다. 당신은 그 얼굴을 바라보며 작가가 그날 저녁 낭독한 문장을 떠올린다. "내 나이가 되면, 단어 하나하나에 대한 값을 치른다." 죽는 것과 글을 쓰는 것 사이에는 아주 작은 차이만이 존재한다. 너무도 작아서 어느 순간 당신은 그 둘 사이의 경계를 완전히 잃어버린다. 작가는 개별성이 사라진 상태이며, 꾸밈없는 초연한 영혼이다. 응시로서의 영혼, 부재로서의 영혼. 글을 쓰는 사람은 자기 자신보다 더 멀리 나아간다. 눈(雪)이 내리듯 조용히 나아가고, 늑대의 언어로 말한다. 유약한 말, 뒤집힌 장갑처럼 헐벗은 말을 향해 간다. 그는 말함으로써 자신의 부재를 밝힌다.

우리 뒤에는 한 천사가 있다. 그는 우리의 탄생과 함께 태어나 함께 자라고 지쳐간다. 처음에는 거의 어린아이와 같은 젊은 청년이다가 머지않아 숨을 아끼려 애쓰는 어른이 된다. 그는 양손에 도끼 한 자루를 쥐고선 밤낮으로 기다린다. 아주 작은 원망도 웅얼대지 않고 어떠한 소망도 표현하지 않은 채. 그는 결코 우리를 잊지 않는다. 잠도 사랑도 그의 주의를 돌리지 못한다. 이토록 흠 없는 존재, 이토록 사랑 없이도 변함없는 충실함. 글을 쓴다는 것은 천사의 매 걸음을 눈길 위에 울리게 하

는 것이며, 때로 뒤를 돌아보며 높이 들린 도끼의 섬광을
보고 단번에 수수께끼의 끝을 깨닫는 것이다.

삶의 빈 자리에서 발견되는 사랑과 상실의 조각들

신승엽 편집자

크리스티앙 보뱅의 글은 단순한 서사나 논리를 따르지 않는다. 심지어 특정한 인물의 삶을 다루는 전기에서도 그는 이러한 방식을 거부한다.* 우리는 흔히 삶을 이해하기 위해 그것을 선형적인 시간의 흐름에 따라 인과적으로 정리하고 질서와 논리를 부여하지만 보뱅은 이와 반대되는 방식으로 나아가, 삶을 분석하거나 설명하는 대신, 삶이 지닌 본래의 불확실성과 즉각성을 포착하는 데 집중한다. 그의 문장은 서사보다 단편적인 인상, 논리보다 정서적 울림을 중요시하며, 때로는 문장이 갑자기 멈추거나 흐름이 단절되기도 하고, 예상치 못한 도약이 이루어지기도 하는데, 이는 우리가 현실을 경험하는 방식과 닮아 있다. 우리는 하루를 되돌아볼 때 사건들을 순차적으로 기억하지 않는다. 오히려 특정한 순간들

* 시인 에밀리 디킨스의 삶을 다룬 『흰옷을 입은 여인』(2023, 1984BOOKS)과 성인 아시시의 프란체스코의 삶을 다룬 『지극히 낮으신』(2023, 1984BOOKS)

이 불연속적으로 떠오르고, 감각과 정서가 먼저 자리 잡는다. 보뱅은 이러한 경험의 방식을 글로 형상화한다.

설명은 대상과 거리를 두고 관찰하는 태도에서 비롯되지만, 보뱅은 글을 통해 대상과 하나가 되고자 시도한다. 그래서 그의 글은 대상을 분석하거나 규정하는 대신, 대상과 함께 머물고 그것을 감각적으로 경험하는 방식을 택한다. 『빈 자리』에서도 한 사람이 삶의 작은 순간을 바라보고, 기다리고, 때때로 멈춰 서서 사유하는 과정이 펼쳐진다. 그의 전작 『작은 파티 드레스』처럼 독자는 그의 문장 속에서 저자가 부르는 '당신'이 누구인지 불분명해진다. 그것이 독자인지, 과거의 누군가인지, 혹은 자기 자신을 향한 내면의 목소리인지 알 수 없다. 이 모호한 경계를 따라 이야기는 흐르고, 독자는 그 흐름 속에서 보뱅이 포착한 삶의 결을 함께 더듬는다.

책을 펼치면 우리는 한 사람의 시선과 함께 걷는다. 그는 특정한 역할을 수행하지 않는다. 단순히 존재하고, 바라보고, 생각한다. 아이들과 놀고, 기차역에서 사람들을 바라보고, 부엌에 앉아 이야기를 나누고, 눈밭을 걷고, 문장 속에서 길을 잃기도 한다. 그는 그렇게 삶의 틈 사이에서 소멸해 가는 것들을 바라보고 기록한다. "시간은 일 속에서, 휴가 속에서, 어떤 이야기 속에서 소모된다. 시간은 우리가 할 수 있는 모든 활동 속에서 소모된다. 그러나 어쩌면 글쓰기는 다를지도 모른다. 글쓰기는 시간을 잃는 것과 매우 가까운 일이지만, 또한 시간을 온전히 들이는 일이다. 글을 쓴다는 것은 남아서 눅눅해진 시간을 조리하는 것이다. 그러면 매 순간은 감미로워지고 모든 문장은 축제의 밤이 된다." 보뱅의 글쓰기란 단순한 언어의 나열이 아니라 사라지는 것들을 붙잡고, 그것들이 남긴 여운 속에서 다시 살아보는 행위이다. 그는 지나가는 사람들의 얼굴, 기차역에서의 정적, 아이들과 나누는 대화 속에서 삶의 결을 읽어내고, 그 안에서 언어를 길어 올린다. 세상을 측량 기사처럼 살아가는 이들의 눈에 이러한 행위들은 사소하고 쓸모없는 것일 테지만, 보뱅은 삶이란 바로 이 사소한 것들에 달려 있다고 말한다. "삶 속 모든 것들의 덧없는 실리에서 벗어나 자신의 무용(無用)으로 빛나는" 것들이야말로 "세상을 대신하거나, 영혼을 또는 결코 닿을 수 없는 아름다움을 대신한다."

그렇다면 이 책에서 말하는 '빈 자리'란 무엇일까? 무언가가 있다가 사라진 자리, '모든 존재의 중심에 놓이고 기쁨 속에서도 고통 속에서도 동일하게 자리한' 것. 부재란 단순한 결핍이 아니다. 오히려 부재는 존재의 가장 깊은 곳을 가리키는 흔적이며, 우리가 끝내 도달하지 못하는 자리이자 동시에 함께 있는 어떤 것이다. 무언가가 사라진 후 더욱 선명해지는 흔적이다. 그것이 부재를 통해 존재를 비추는 보뱅의 방식이다. 사라진 사람들, 지나가버린 시간들은 끝난 것이 아니라, 우리 안에서 다른 방식으로 다시 살아난다. 그의 문장은 그것을 가능하게 한다. 그에게 글쓰기는 빈 자리를 메우는 것이 아니라, 그것이 거기 있음을 보여주는 행위이기 때문이다. 부재와 함께 머물고 기다리며 존재를 감각하는 과정이다.

단순하고 짧은 문장들로 이루어져 있음에도 보뱅의 글은 쉽게 읽히지 않는다. 스쳐 지나가는 특정한 순간들처럼 우리를 사로잡은 뒤 다음 문장을 향해 나아가게 만들지만, 결국 우리는 다시 그 문장으로 되돌아오게 된다. 순간에 깃든 영원을 대면하듯이, 책의 문 뒤에 서서 들려올 어떤 목소리를 기다린다. "쉽게 다가오지 않고, 저항하는 책. 눈부시게 빛나는 명료한 문장들이 당신을 사로잡고, 한두 페이지 만에 당신을 서둘러 멈춰 세운다. 당신에게 매달려 요구를 들어주기 전까지는 놓지 않는 어린아이 같은 문장들. 당신은 그 문장들에 밑줄을 긋고, 다시 읽으며 몰두한다. 한 문장과 함께 몇 시간을 보내며" 우리는 보뱅과 동행한다. 즉각적으로 이해되는 것이 아니라 서서히 스며들며, 독자를 흔들어 놓는 문장들. 바로 그것이 그의 글은 아름답지만, 결코 편안하지 않은 이유이다. 보뱅의 글은 독자를 따뜻하게 감싸는 것이 아니라, 오히려 흔들어 깨운다. 때로는 머뭇거리게 하고, 때로는 깊이 빠져들게 만든다. 방향을 제시하기보다는 독자가 스스로 길을 찾도록 유도하며, 그 과정 속에서 독자는 자신의 기억과 감각을 동반하며 책과 함께 걷게 된다. 그리고 그 길은 결론을 향해 나아가는 것이 아닌, 끊임없이 질문을 던지는 과정이다. 삶은 무엇에 달려있는가? 독서란 무엇인가? 글을 쓰는 이유는 무엇인가? 존재와 부재를 함께 응시하며 그가 던지는 질문들은 단순히 이 책을 넘어, 삶의 빈 자리를 어떻게 마주할 것인가에 대한 깊은 성찰로 이어진다. 그리고 우리는 그 질문을 따라가며, 그것이 바로 삶을 살아가는 방식이자 글쓰기의 본질임을 깨닫게 된다.

옮긴이 **이주현**

이화여자대학교 불어불문학과를 졸업하고, 프랑스 고등국립학교에서 PSL 석사 과정을 이수했다. 현재 프랑스에 거주하며 기업과 정부 및 사회 기관에서 통번역가로 활동하고 있다. 크리스티앙 보뱅의 『환희의 인간』을 우리말로 옮겼다.

빈 자리 LA PART MANQUANTE

1판 1쇄 2025년 2월 15일

지은이 크리스티앙 보뱅
역자 이주현
펴낸이 신승엽
펴낸곳 1984BOOKS

편집 신승엽 · 북디자인 신승엽

주소 전북 익산시 창인동 1가 115-12
전자우편 1984books.on@gmail.com
전화 010.3099.5973 · 팩스 0303.3447.5973
인스타그램 @livingin1984 · 페이스북 /1984books

ISBN 979-11-90533-59-1 03860

잘못된 책은 구입하신 서점에서 교환해 드립니다.

1984BOOKS